L'origine de l'oubli

DE LA MÊME AUTRICE

Le Sommeil de l'autre, *Stock, 1990*

Poupées russes, *Flammarion, 1993, prix du Quartier latin*

Les Yeux cernés, *Anne Carrière, 1999*

La Traversée du silence, *Albin Michel, 2002*

La Solitude des soirs d'été, *Albin Michel, 2013, médaille de bronze du prix François-Mauriac de l'Académie française; Le Livre de poche, 2015*

Nos vies insoupçonnées, *Albin Michel, 2016; Mon poche, 2022*

Dans l'ombre des hommes, *Albin Michel, 2021*

Anaïs Jeanneret

L'origine de l'oubli

roman

Stock

Couverture : Julia Bourdet

Photo : © Gérard Vieillon/Creative Commons : CC BY

ISBN 978-2-234-09703-2

À mon fils

Oui, il est possible que nous ne grandissions pas, que même en vieillissant nous restions les enfants que nous avons été. Nous nous souvenons de nous-mêmes tels que nous étions alors, et ne nous sentons pas différents. C'est nous qui nous sommes faits tels que nous sommes aujourd'hui et, en dépit des années, nous demeurons ce que nous étions.

Paul Auster, *L'Invention de la solitude*

On se croit retranché du monde, mais il suffit qu'un olivier se dresse dans la poussière dorée, il suffit de quelques plages éblouissantes sous le soleil du matin, pour qu'on sente en soi fondre cette résistance.

Albert Camus, *Carnets*

1

La première pulsion à revenir, c'est le sexe. Avant la faim, avant le retour des rêves, avant la conscience de l'événement qui vient de se produire, de ce qui ne sera plus jamais, du basculement qui vient de modifier la couleur de son regard, l'odeur de sa peau, le goût du chocolat noir ou du sel, qui a transformé jusqu'aux parfums des fleurs, anéanti la profondeur du ciel ou la sensation du vent soufflant sur son visage. C'est un désir sans affect, juste le besoin de sentir son corps. De vérifier qu'il est là, réel. De s'assurer que c'est bien elle qui habite cette nouvelle enveloppe rétrécie sur les muscles et les articulations. Parfois, lorsqu'elle se déshabille ou prend sa douche, elle est surprise par cette nouvelle géographie. Dans le reflet des miroirs, ses jambes semblent plus longues, ses bras filiformes s'accrochent aux épaules où saillent les clavicules, des fossettes sont apparues en haut de ses fesses, sa taille s'est resserrée. Partout la chair s'efface. Cela ne lui déplaît pas.

Telle la lumière attendant la rencontre avec un objet pour se révéler, son corps ne redevient corps que dans la collision avec un autre. Sous les caresses de mains inconnues, elle réapprend peu à peu son dos, ses reins, ses hanches fermement agrippées par celui qui cherche à assouvir son plaisir, elle retrouve ses seins légers, pour quelques instants elle sent son ventre reprendre vie sous les coups du sexe bandé qui va et vient et cogne en elle. C'est un plaisir volatil, sans conséquence, sans mémoire, sans profondeur autre que celle de l'oubli d'elle-même. Un plaisir volé à la douleur.

Son corps peut s'abandonner, sans réserve, sans pudeur, puisqu'il n'est que cela. L'esprit et le cœur n'y sont pas. L'autre ne doit rien savoir de cette absence. De cette schizophrénie. Il doit tout ignorer du désastre. De ce qui se joue là. Du rôle mineur et anecdotique qui lui est imparti. Cette histoire n'est pas la sienne et ne le concerne pas. Il n'est qu'un élément extérieur, et le fait qu'il la pénètre n'y change rien. Il peut même croire qu'il la possède. Il n'existe pas.

« Mange, fais un effort ! » entend-elle dans un écho lointain. Peine perdue. Les kilos s'envolent à toute vitesse. Comme si on pouvait retenir un océan entre les doigts. Mais cela lui va, de ne plus se reconnaître. De devenir une étrangère pour elle-même. Une étrangère qui ne viendrait pas de perdre son amour. Une étrangère comme un néant. Hors d'atteinte. Sans l'embarras de la chair, sans superflu, sans pli ni renflement. Le corps à l'essentiel. La peau, les os, les muscles qui pour l'instant résistent encore. Et l'esprit ? À part son regard cerné où ne brille que le reflet d'une absence au monde, plus rien n'est vraiment sûr. Les vrais dégâts restent invisibles. Pourtant la déflagration a bien eu lieu.

Les semaines passent. Mila n'a plus la notion du temps. Elle se concentre sur l'instant présent. Sur ce qu'il faut faire maintenant, dans une heure. Le soir est encore trop loin. Elle ne se plaint pas. Le chagrin et la rage coupent le souffle, et il n'y a qu'à se taire. Les mots sont impossibles. Ils sont devenus des coquilles vides, des bulles de savon qui explosent dans l'air sans laisser la moindre trace. Les mots s'effacent et se dérobent car ils rétrécissent tout. Dire la douleur, ce serait lui donner une valeur acceptable. Nommer le manque serait une forme de reddition. Que signifie je crève sans toi quand Simon ne peut plus rien entendre ? Cette impuissance s'immisce peu à peu dans le moindre interstice, pétrifie les souvenirs, glace les pensées les émotions les gestes la promesse des matins d'été.

Mila voudrait pouvoir travailler, achever au moins les scénarios en cours, terminer la série que la chaîne de télé attend. Mais tout ramène à Simon. Alors elle se laisse glisser, sans savoir vers où. Elle n'écrit pas, et les jours s'écoulent. Elle n'écrit pas, et ne pense pas non plus. Elle dort, se lève, réveille sa fille, lui prépare son petit déjeuner. Ensemble, elles comparent les billes – Zoé préfère celles dont la couleur uniforme évoque une pierre précieuse, Mila, celles qui emprisonnent des arabesques multicolores –, elles parlent des jeux qui animent la cour de récréation, des secrets ou des chamailleries entre élèves, elles guettent chaque matin les bourgeons des marronniers de l'avenue menant à l'école qui grossissent presque à vue d'œil. Elles commencent à les compter puis, très vite, ce n'est plus possible tant il y en a, les premières feuilles chiffonnées d'un vert pâle et éphémère apparaissant déjà. D'habitude, cette immuable renaissance réjouit Mila. C'est le moment de l'air qui s'allège et tiédit, des peaux qui peu à peu se découvrent, des vacances d'été qu'elle commence à imaginer avec excitation. Cette année, elle ne ressent qu'amertume. Partout entre pierre et bitume, au cœur de la ville, dans la lumière scintillante du printemps, le moindre arbuste, le moindre massif déploie ses fleurs ou sa foliation, indifférent à la solitude qui vient de leur tomber dessus.

Un peu avant seize heures, elle va attendre sa fille à la sortie de la maternelle. Zoé arrive d'un pas tranquille quand d'autres jaillissent du bâtiment en criant et chahutant. Elle aperçoit sa mère. Son visage s'illumine d'un sourire étonné. Comme s'il était possible que Mila ne soit pas là.

De retour à l'appartement, après avoir pris son goûter, Zoé transforme une boîte de chaussures en maison, rejoint sa mère dans le salon pour lui demander de l'aider à découper dans le carton les portes et les fenêtres, repart en emportant une pochette d'allumettes qui devient lit ou table, revient un peu plus tard montrer le dessin qu'elle achève, passe ses bras légers autour du cou de Mila et l'embrasse, retourne jouer dans sa chambre, fait des coquillages en pâte à modeler, se plonge dans un livre, s'invente des histoires ou rêve allongée par terre, et souvent Mila devine d'inaudibles chuchotements.

Cette force mystérieuse qui permet à Zoé de continuer à rire, de dévorer les tartes aux fraises sans en laisser une miette, de ne pas crier la nuit pour se faire consoler d'un cauchemar oblige Mila à paraître solide. Peu importe s'il s'agit d'une illusion, si c'est l'enfant de cinq ans qui la maintient sur ses deux jambes, si c'est elle qui la guide, sa main minuscule tirant la sienne, si c'est elle qui la fait sourire, répondre au téléphone, remplir le réfrigérateur, préparer les repas et laisser couler le temps pendant les heures d'école. Tant qu'elles avancent toutes les deux, unies, le vertige reste à peu près contrôlable. Elles sont deux funambules concentrées sur un point vibrant dans le lointain. Elles progressent lentement sur ce fil tendu, le souffle régulier et économe, sans chercher à deviner l'autre rive, si jamais il en existe une. Leur équilibre, si précaire, réside dans ce déplacement, même infime. Elles n'ont nul besoin de s'en parler pour l'avoir senti l'une et l'autre.

Elles dînent, puis Zoé se glisse dans son lit, la tête calée sur l'oreiller, son lapin en peluche au creux du cou, pour écouter les histoires inventées par sa mère. Elle ignore que Mila laisse les images surgir sans savoir de quelle part de son inconscient viennent ces royaumes en guerre, ce cheval bavard et courageux, cette frêle embarcation résistant aux tempêtes, ce poisson d'argent qui tient compagnie au jeune prince, cette fillette qui lui fait visiter son île sauvage, ce vieil arbre qui abrite un monde... Pourtant, chaque soir, Mila s'assoit près de son enfant et reprend le récit là où elle l'a laissé la veille. Zoé et Mila s'évadent vers des contrées peuplées de créatures étranges, elles partent à la rencontre de personnages qui ignorent leur peine. À les voir ainsi, on pourrait croire à une vie heureuse, s'il n'y avait leurs visages rétrécis et la concentration à laquelle elles s'accrochent l'une et l'autre. Puis, lorsque les paupières de sa fille s'alourdissent, Mila remonte sur elle la couette pour qu'elle s'endorme dans un illusoire sentiment de sécurité.

Après, Mila ne se souvient plus. Sans doute accomplit-elle ce qu'il convient de faire, sans conscience, gestes mécaniques, obligés. Sans doute prend-elle une douche, sans doute s'installe-t-elle sur le canapé avec un livre dont elle ne retient rien, ou bien regarde-t-elle à la télévision un reportage sur les poulpes, ou la fonte des glaciers, ou la construction des pyramides, ou tout cela à la fois, jusqu'à ces heures de la nuit où la rue est pénétrée d'un silence si profond qu'il semble irréversible. Alors elle s'effondre dans un sommeil amnésique.

Au matin, elle s'éveille dans un nouveau jour. Et rien n'a changé. C'est toujours la même souffrance, l'impression de suffoquer, de s'enfoncer dans une mer de mercure. Eau lisse qui engloutit, qui entraîne vers les abysses.

Mais un écho surgit de sa préhistoire. Une voix lui susurre que les jours se suivent au mépris de tout. Que l'air, on ne sait comment, continue de remplir les poumons et qu'on survit à l'impensable. Que le sang court, indifférent aux blessures. Que le cœur bat pour rien, mais qu'il bat quand même.

La vie qui s'obstine, la résistance au chagrin, c'est l'indécence même.

Elle croyait avoir oublié, c'est si lointain. Mais comme un bégaiement, tout revient.

2

Mila avait dû connaître le rythme de son pas lorsqu'il rentrait le soir, elle avait dû connaître l'odeur du savon sur sa peau à la sortie du bain et celle après le bureau, mélange de fatigue et de tabac – probablement fumait-il. Elle avait dû connaître la caresse de ses mains, la douceur de ses baisers, le timbre de sa voix et son rire – il devait bien rire, tout le monde rit, même au désespoir. Elle avait dû connaître cette transparence dans son regard qui la frappe chaque fois qu'elle observe les photos d'un noir et blanc jauni par le temps, ce regard évanescent prêt à se dérober d'une seconde à l'autre. Elle avait dû l'attendre, l'attendre jusqu'à comprendre que c'était inutile, qu'il n'y avait rien ni personne à attendre. Elle avait dû l'aimer. Elle l'avait aimé, follement, comme une petite fille de quatre ans aime son père.

De tout cela pourtant, il n'était resté que le froid et l'angoisse. Le sentiment de n'être rien, rien qui méritait; à peine un murmure, un reproche, une entrave. Personne pour expliquer son absence. Sa disparition n'avait été accompagnée d'aucun mot. Soudainement, cela avait été comme s'il n'avait jamais existé. L'idée même de père s'était éteinte comme la flamme d'une bougie sur laquelle aurait soufflé une bourrasque. Un instant avait suffi pour qu'il devienne silence. Le silence fait des ravages. Il emprisonne, empoisonne.

Jour après jour, Mila s'était construite sur le manque, le secret et la culpabilité. Elle avait été une enfant sage. Elle s'était appliquée à faire oublier sa faute, même si elle en ignorait la nature. Elle avait seulement compris qu'elle était responsable. Tout, dès lors, pour faire oublier son existence. Elle n'avait posé aucune question. Elle avait appris à serrer les lèvres puisque les lèvres autour d'elle s'étaient scellées. Elle n'avait pas dit comme chaque nouveau jour semblait interminable. Elle avait tu les monstres qui peuplaient ses nuits. L'insouciance avait disparu. Mais l'insouciance avait-elle jamais existé ? Elle n'aurait su dire, *avant* n'existait pas davantage.

Seul demeurait l'instant présent, absurde et sec, retenu dans la pesanteur de l'appartement. Pour enfouir sa colère et combler le vide, elle parcourait en trottinette les couloirs trop vastes où elle se cognait partout dans la solitude. À part le grincement des roues et son pied qui venait frapper le parquet, il n'y avait pas un bruit. Le calme avant la tempête. Mais aucune tempête n'avait explosé. L'amnésie avait tout envahi, comme la glace fige l'eau des lacs. Figés, les mots, les souvenirs, l'amour. Tout s'était effacé, tout sauf la trottinette rouge, les enfilades de pièces, les craquements des meubles et cette carte en papier Canson faite à l'école pour la fête des Pères. Personne n'avait pensé à prévenir la maîtresse qu'elle avait perdu le sien. Étrange expression. Perd-on un être comme on perd un crayon ou un jouet ? Il aurait fallu dire que son père était mort, aux autres et surtout à elle. Avoir le courage des mots pour tuer l'espoir. Il aurait fallu lui dire : « On va devoir se débrouiller sans lui, on va y arriver en avançant côte à côte, pas après pas. C'est un nouveau jeu qui exige souplesse et adaptabilité. Si tu retiens les règles, Mila, tu peux tout. » Mais rien n'avait été dit. Alors, comme les autres élèves de maternelle, elle s'était appliquée. Comme eux, elle avait dessiné la pipe, elle avait plié la feuille en deux avec soin, l'avait découpée en suivant les pointillés, puis avait collé une à une les perles de sucre et chaque grain de riz pour faire des arabesques blanches et argent. À l'intérieur, elle avait recopié lettre par lettre ce qui était inscrit sur le tableau noir.

BONNE FÊTE PAPA

Elle avait dû se concentrer bien plus que les autres enfants, mobiliser toutes ses forces pour ne penser à rien. En rentrant de l'école, elle avait marché, courbée sous le poids de son cartable. Elle aurait dû laisser la carte s'envoler au vent de juin. Mais pour cela, il aurait fallu pouvoir nommer l'absence.

La carte de vœux avait trôné pendant des années sur la cheminée du salon, telle une anomalie interdisant tout espoir de légèreté. Au fil du temps, le riz et les billes argentées s'étaient décollés. Personne n'avait eu l'idée de la ranger au fond d'un placard. Chaque jour, Mila était passée devant la pipe, la voyant sans la voir.

Et elle avait continué de grandir.

3

Ce soir-là, elle rentra fatiguée et de mauvaise humeur. La réunion avait duré tout l'après-midi. Le responsable fiction de la chaîne qui devait diffuser la série sur laquelle elle travaillait depuis des mois exigeait soudain une nouvelle orientation dans l'écriture des derniers épisodes. Il souhaitait terminer sur une note plus romantique. Les acteurs principaux jouaient d'habitude dans des comédies, argumenta-t-il, il ne s'agissait pas de décevoir les téléspectateurs – il n'osa pas aller jusqu'à désigner la « ménagère de moins de cinquante ans » mais à l'évidence, il ne pensait qu'à elle. Le producteur de Mila objecta qu'une fin à l'eau de rose était un contresens par rapport à l'esprit du projet. Avec la trivialité de celui dont la poche déformée par les liasses de billets indique où se trouve le pouvoir, le responsable fiction insista sur l'importance du budget alloué. Il parla aussi parts de marché. Le producteur souligna que les deux vedettes, choisies et imposées par la chaîne, avaient accepté ces rôles parce qu'ils étaient à contre-emploi. L'autre répondit qu'il se fichait des desiderata des comédiens, seules les attentes du public comptaient. Le producteur lui rappela qu'il avait signé pour une enquête crépusculaire. Le responsable fiction acquiesça tout en ajoutant que l'époque était déjà bien assez anxiogène : la baisse du pouvoir d'achat, la guerre en Ukraine, les flux migratoires, le changement climatique… il avait une responsabilité envers les spectateurs. Une obligation de divertissement, lâcha-t-il d'un ton sentencieux. Le producteur faillit s'étouffer. Mila assista à leurs échanges sans qu'à aucun moment personne ne sollicite son avis de scénariste. La décision finale ne lui appartenait pas. La suite, elle la connaissait. On lui demanderait d'écrire une fin qui ménagerait des points de vue incompatibles : une fin ni trop sombre ni trop sentimentale qui affaiblirait l'ensemble du projet. Un gâchis.

Elle retrouva Simon et Aurélien dans la cuisine, et devina Zoé sous la table. De sa cachette, la fillette s'inventait des jeux pendant que les deux hommes travaillaient. Depuis trois semaines, ils avaient installé là un bureau de fortune. Le nouveau traitement que suivait Simon lui coupait les jambes et ne lui permettait plus vraiment de quitter l'appartement. C'était son directeur de production qui gérait désormais les affaires courantes de la société et venait en fin de journée avec les contrats à signer, un nouveau scénario, un plan de travail amélioré ou la comptabilité. Il lui donnait aussi les dernières nouvelles des tournages en cours et Simon avait alors mille questions à lui poser, mille recommandations à lui faire : Aurélien avait-il convoqué tous les journalistes pour l'avant-première ? S'était-il mis d'accord avec les coproducteurs espagnols ? Où en était le compositeur, avait-il enfin envoyé la maquette ?... Pourtant, l'amitié qui s'était scellée au fil des années entre Simon et Aurélien avait aboli tout rapport hiérarchique. Mais tant qu'ils échangeaient ainsi, Simon restait producteur. Vivant. Peut-être aussi s'assurait-il de cette façon qu'Aurélien avait bien toutes les clés pour reprendre la suite.

Le reste du temps, Simon passait des heures à lire chaque script arrivé par la poste, chaque roman qui venait de paraître, à la recherche d'une histoire qui pourrait faire un bon film. Les textes s'entassaient au pied de sa table de nuit, à côté du canapé, en piles de plus en plus hautes et triés dans un ordre connu de lui seul. Malgré tout, et même s'il ne se plaignait jamais, Mila sentait combien lui manquaient l'effervescence des plateaux, la salle de montage, le visionnage des rushs, les discussions avec les metteurs en scène, et même les rendez-vous avec les banquiers. Il lui suffisait de voir comme sa fatigue semblait disparaître dès qu'Aurélien débarquait.

Zoé bondit de sous la table pour venir embrasser sa mère. Avoir son père à la maison était une nouveauté qui réjouissait la petite fille. Elle aimait aussi la présence d'Aurélien et l'animation que créaient ses visites. Pour elle, l'appartement était désormais un lieu d'allées et venues, de discussions, de rires, de téléphones qui sonnaient, d'un désordre aussi inhabituel que festif, de caresses discrètes qu'elle recevait blottie contre les jambes paternelles. Pour elle, l'appartement était devenu un lieu rempli de vie.

Dès qu'il aperçut la mine de Mila, Simon sut que la réunion avec la chaîne s'était mal passée. Aurélien parti, il lui fit couler un bain. Mila s'y abandonna. La température de l'eau était parfaite, juste un peu trop chaude comme il fallait. Elle bloqua sa respiration et se laissa glisser au fond de la baignoire. Elle sentit ses cheveux flotter autour de son visage, ses muscles se détendre, et n'entendit plus que les gargouillis de son corps immergé. Elle refit surface lorsque Zoé lui tapota l'épaule.

« Qu'est-ce que tu fais, maman ?

— De la plongée sous-marine, mon ange. »

La frustration de la journée se dissipait. Les effluves du poulet au citron que Simon était en train de préparer arrivaient jusqu'à la salle de bains et lui ouvraient l'appétit.

Après avoir couché leur fille, Simon ouvrit une bouteille de champagne et annonça la nomination aux Césars, dans la catégorie Meilleure réalisation, du long-métrage pour lequel il s'était battu pendant deux ans. La nouvelle était tombée dans l'après-midi. Et il avait passé la matinée à lire un roman policier dont il pensait pouvoir tirer quelque chose – il avait déjà une idée pour le choix du metteur en scène. Une bonne journée, conclut-il. Le voir heureux suffit à Mila pour tout oublier. Simon goûta à peine à son plat mais la fit rire en lui racontant qu'il avait passé une heure à chercher partout ses lunettes jusqu'à ce que Zoé lui signale qu'elles se trouvaient sur sa tête. Habituée à la distraction de son père, leur fille avait improvisé une imitation enjouée. Elle s'était mise à courir dans tout l'appartement, passant d'une pièce à l'autre, vidant le panier à linge, ouvrant la cuvette des toilettes, faisant mine de plonger dans la grande poubelle… « Où sont mes lunettes ? Qu'est-ce que j'en ai encore fait ? » Mila n'avait aucun mal à imaginer Zoé s'amuser de l'étourderie paternelle.

Après le dîner, ils regardèrent un DVD, la tête de Mila sur l'épaule de Simon. Puis elle alla se coucher avant lui et laissa la porte de la chambre ouverte. Elle aimait entendre Simon s'agiter doucement dans le salon, le froissement des feuilles qu'il tournait, le tintement du verre qu'il reposait sur la table, le cliquetis des touches de l'ordinateur. Un peu plus tard, il viendrait la rejoindre dans le lit et, comme chaque nuit, elle se collerait à lui.

Abandonnée dans le duvet des oreillers et de la couette, elle sombra, presque légère. Et s'endormit.

Au matin, elle trouva Simon allongé sur le canapé. Son bras pendait, comme désarticulé. Sa main reposait sur le tapis dans un abandon surnaturel. La pâleur de son visage était atroce. D'abord elle n'osa pas approcher. Puis elle pensa à Zoé qui risquait de débouler à tout moment. Alors, terrifiée, elle s'avança vers lui. Elle ne put retenir un gémissement d'effroi et de douleur en constatant la froidure de sa joue. Elle quitta la pièce, ferma derrière elle la porte, prépara à la hâte deux tartines et le jus d'orange, et attendit la dernière minute pour réveiller Zoé et l'exfiltrer de l'appartement.

4

Ce même jour, à quatre heures, après être allée chercher Zoé à l'école, Mila passa un instant dans la salle de bains pour essayer de reprendre son souffle. Elle s'appuya au lavabo, les deux mains agrippées au rebord. L'air continuait de lui manquer.

Ce matin, dès son retour à l'appartement, il avait fallu appeler la police. Elle avait attendu un temps impossible à mesurer. Puis elle avait dû laisser les agents pénétrer dans le salon, ils s'étaient pressés vers le canapé, l'un s'était agenouillé, un autre avait passé un coup de fil. Elle se tenait en retrait près de la porte. Elle avait encore dû répondre à leurs questions, trouver la carte d'identité de Simon. Ensuite, les ambulanciers étaient arrivés.

Mila s'aspergea le visage d'eau froide. Puis elle rejoignit Zoé dans sa chambre. Leur fille de cinq ans se tenait debout face à elle. Immobile. Comme si elle savait déjà. Mila s'assit sur son lit pour se tenir à sa hauteur. Aussi parce que ses jambes ne la portaient plus. Elle regarda Zoé en s'obligeant à ne pas la quitter des yeux, et elle dit :

« Papa est mort. »

Trois mots pour exprimer une tragédie universelle. Peu importe les prénoms, les circonstances ou l'époque, ils disent la mort de tous les pères.

Tous.

Le père de Zoé comme celui de Mila.

À présent, ces trois mots entremêlent leurs destins. Ils les confrontent à la même expérience de perte et d'arrachement, à une absence récursive. Ils les projettent dans un jeu de miroirs en abyme. À trente et un ans de distance, Mila retrouve l'ancien vertige, l'ancienne sensation de vide qui envahit l'esprit et le corps, cette colère tellement vaste qu'elle ne se transforme pas en force mais en sidération.

Dans son cas, cela avait été l'absence de cette phrase minuscule qui avait décidé de ce qu'elle allait devenir : une femme construite sur la culpabilité, puisque le secret s'était organisé autour d'elle. Mais le secret est un ogre sans scrupule. Il engloutit le passé. Il condamne à l'instabilité. À la peur de n'être jamais à la hauteur, jamais à sa place. De ne mériter aucune place.

Assise sur le lit de sa fille, Mila dut rassembler toutes ses forces pour lâcher ce bref « Papa est mort. » Dans un souffle, d'une traite. Elle ignore où elle puisa ce courage, mais le temps qui s'interrompit aussitôt lui confirma qu'elle l'avait fait. Le regard de Zoé s'accrocha à celui de sa mère, et celle-ci crut y lire une compréhension immédiate de la situation. Mais après tout, cette immobilité n'était peut-être rien qu'un cœur dont les battements venaient subitement de s'arrêter, rien qu'un esprit tout entier qui soudain s'était absenté pour échapper à une insoutenable réalité. La fillette ne pleura pas. Ne se laissa pas consoler. Elles restèrent toutes les deux face à face, dévastées et dignes. Mila aurait-elle préféré que Zoé se jette dans ses bras à la recherche d'on ne sait quel réconfort ? Qu'elle crie ? Qu'elle ne soit qu'une enfant de cinq ans brusquement privée d'une part d'elle-même ? De cet instant où elle lui annonça la mort de Simon, Mila ne sait plus rien à part la sensation qui résiste aux semaines et dont elle ne se défera sans doute jamais. Cette sensation du couteau long et parfaitement aiguisé qu'elle venait de planter dans le ventre de sa fille, qu'elle avait enfoncé, profondément, puis qu'elle avait remonté avec lenteur et sans faillir jusqu'au cœur. « Papa est mort. »

Après un silence, Zoé demanda : « Ça veut dire que je ne le verrai plus, que je ne l'entendrai plus ? »

Mais dans sa bouche, ce n'était déjà plus une question.

5

La vie continue. Routinière. Normale, apparemment. Tout est juste devenu plus silencieux. Comme assourdi. Ralenti.

Mila se lève chaque matin. Sort dans la rue. Croise d'autres regards. Sourit. Dit bonjour au pharmacien, au boulanger, à la caissière du Monoprix, merci, à demain. C'est un peu mécanique, pourtant nul ne s'en aperçoit. Zoé, elle aussi, fait comme si rien ne s'était produit. Elle poursuit son existence d'enfant : l'école, les jeux à la récréation, le rituel du bain, du dîner, les mots tendres et les caresses de sa mère qu'elle reçoit avec les mêmes sourires, le récit du soir qui la fait frémir dans son lit ou se tortiller d'excitation et qui l'aspire dans une dimension où tout devient plus exaltant. À part les commerçants, les écoliers ou la maîtresse, cela fait des semaines qu'elles ne voient personne.

Au début, les amis s'étaient manifestés. Ils avaient proposé leur aide pour tout, avaient voulu inviter Mila à dîner, emmener Zoé pour l'après-midi, chacun se relayant pour ne pas les laisser seules. Mais leurs regards désolés, leurs discussions faussement légères, leur prévenance, leur embarras venant se nicher dans le moindre interstice, leurs efforts pour ne jamais parler de Simon ne faisaient que raviver son absence. Ainsi leurs coups de fil, à force de refus ou de messages tombés dans le vide, s'étaient peu à peu espacés. Mila avait même refusé la présence de Jeanne, sa tante adorée, qui n'attendait qu'un signe pour sauter dans le premier Eurostar et venir la rejoindre. Les semaines passaient, mais Mila ne supportait rien qui ramenait à la vie d'avant, rien ni personne à part sa fille. Un jour, Aurélien était venu chercher Zoé pour qu'elle passe le week-end avec son fils. Les deux enfants avaient le même âge et s'entendaient très bien. Mila avait interrompu Aurélien alors qu'il commençait à lui donner des nouvelles de la maison de production et de l'état d'avancement des projets initiés par Simon. Elle ne voulait rien entendre. D'ailleurs, elle ne résisterait pas deux jours sans Zoé. Elle l'avait remercié, Aurélien était reparti seul. Unique concession au passé, Mila n'avait pu s'empêcher de suivre à la télévision la cérémonie des Césars et l'hommage rendu à Simon. Cela l'avait démolie. La comédienne de son dernier film avait été invitée à monter sur scène. En la voyant apparaître dans une robe haute couture ultra-moulante, Mila avait supposé le régime qu'elle avait dû s'imposer avant de pouvoir enfiler ce fourreau de strass. Tout comme elle imaginait les heures que coiffeurs et maquilleurs avaient dû passer pour la transformer en star. Dès ses premiers mots, l'actrice s'était mise à pleurer : le cinéma venait de perdre le plus grand, le plus visionnaire des producteurs, un homme tellement respectueux des femmes dans un univers professionnel où cela tenait de l'exception ; Simon était à la fois passionné et brillant, elle lui devait son plus beau rôle, elle ne l'oublierait jamais, elle l'aimait tant… Tout au long de son discours, sa main était restée plaquée sur sa poitrine. Son mascara waterproof avait résisté à la démonstration d'un si grand désespoir. Puis, alors qu'elle s'éloignait du micro, la caméra avait surpris son clin d'œil adressé quelque part dans la salle. La performance était achevée. Deux comiques bondissaient déjà sur scène dans un sketch qui ne ferait rire personne. *The show must go on !*

6

Il y a quelques jours, Zoé demanda quand Jeanne viendrait à Paris. Mila téléphona à sa tante et lui passa sa fille. Elles restèrent longtemps à bavarder. Zoé raconta les histoires de cour de récréation et même de minuscules anecdotes dont Mila n'avait jamais entendu parler. Tout pour prolonger l'échange, pensa-t-elle. Et ce matin, en route vers l'école, la fillette glisse que toute la classe ira à l'anniversaire de Nicolas mercredi prochain. Pour Mila, faire la conversation, être aimable, tout reste encore au-dessus de ses forces. Pourtant, après avoir déposé Zoé, elle appelle la mère de Nicolas et lui confirme la présence de sa fille à la fête.

Puis, comme chaque jour, elle s'élance dans Paris.

Elle se promène au hasard dans des quartiers retirés ou le long des quais. Sur les ponts de Paris, elle se laisse contaminer par l'émerveillement des touristes. Comme eux, elle voudrait croire à la beauté du monde. Elle rêve d'oublier l'école et son travail qu'il faudra malgré tout reprendre, de s'extraire de leur routine, de partir à l'aventure avec Zoé pour découvrir de nouveaux espaces. Elle voudrait pouvoir se défaire de son chagrin et de sa culpabilité. Ne plus vivre que dans l'instant présent. Mais entre elle et sa culpabilité, c'est un jeu de cache-cache où Mila perd toujours. Plusieurs fois par jour, n'importe où, n'importe quand, la vision de Simon étendu sur le canapé du salon dans sa rigidité et sa pâleur surgit. Et chaque fois, Mila est renvoyée à ses manquements. Pendant des mois, elle avait laissé son amour s'enfoncer dans le déni, elle n'avait pas vu ou n'avait pas voulu voir, elle ne s'était pas battue, pas assez, pas lorsqu'il était encore temps. Alors elle marche comme si son salut dépendait de l'intensité de l'effort. De rage, elle allonge ses foulées. Son cœur s'accélère, il enfle et grossit, son sang s'affole, ses tempes vont exploser. Elle lève les yeux à la recherche du ciel. Jusqu'à se laisser distraire par le vol d'un oiseau, la forme d'un nuage ; de la rue, coincé entre les immeubles, inutile d'espérer l'horizon.

En quittant la butte Montmartre, elle redescend la rue des Abbesses et débouche sur la place Pigalle. Elle marche boulevard de Clichy, lorsqu'à plusieurs dizaines de mètres un passant avance vers elle sans la quitter des yeux. Elle ne s'en offusque pas. Ce n'est pas la première fois.

Sans doute les hommes perçoivent-ils chez cette femme dont la finesse évoque une hésitation à rejoindre définitivement l'âge adulte une disponibilité qui les attire et les rend à leurs audaces. Sans doute sentent-ils que celle-ci ne va pas s'effaroucher ni les considérer comme des prédateurs. Rien n'est plus animal que la séduction. Elle ne cherche que le vide, à l'éprouver pleinement. Elle voudrait tant se sentir légère, légère et délivrée. Peut-être eux-mêmes espèrent-ils juste une occupation pour échapper à l'ennui, aux regrets, aux trahisons, à l'amertume, pour reprendre leur souffle avant de retrouver un quotidien misérable.

Certains de ces croisements se prolongent derrière les rideaux tirés de chambres anonymes. Le temps de raccourcir la journée. Le temps pour Mila de sentir sa conscience se dissoudre sous le poids de l'instant. Le temps de l'oubli. Le temps de n'être qu'un corps délié, souple, vibrant comme une corde de guitare. Le temps du pur plaisir. Le sexe est un espace secret, sans chagrin ni remords, fixé dans un présent irradiant. L'effet est celui d'une drogue dure. Quelques minutes arrachées à la suite des jours. L'orgasme monte… la transperce. Merveilleux. Fulgurant. Éphémère. Décevant. Déjà, c'est la descente. Déjà, revient le dégoût pour l'odeur de l'autre, pour son souffle satisfait, dégoût d'elle-même et du plaisir qu'elle vient de voler à la tristesse. Déjà elle désire s'enfuir pour effacer cette intimité qui n'en est pas une, pour ne pas voir une trahison dans le mélange de fluides. Tous ignorent à quel point elle est demeurée absente. Évanescente et insaisissable tel un songe dans la tiédeur de l'été. Ils s'en moquent, comme elle se moque de ce qu'ils pensent. C'est parfait. Personne ne perd. Rien ne se joue. Juste après, en retrouvant l'air libre et la rumeur de la ville, Mila se sent vivante, presque bien. La répulsion parfois vaut mieux que l'atonie des jours.

L'homme est maintenant assez près pour que Mila décèle une interrogation joyeuse dans son regard. Il s'approche encore, ralentit.

« Mila !

— Oui… »

Il sourit.

« … Manuel ? Oh, Manu !

— C'est fou, je pensais à toi récemment.

— Ça fait combien de temps ?

— Un bail ! Tu as un moment ? On prend un café ? »

Ils marchent côte à côte, encombrés par les années sans se voir, ignorant tout de la vie de l'autre alors qu'ils avaient été comme frère et sœur. Ils atterrissent à la terrasse d'un café coincé entre deux sex-shops.

Ils s'étaient connus au lycée, en seconde, et dès leur rencontre, Mila avait découvert un sentiment de sécurité tout à fait inédit. Elle adorait lorsque Manuel posait son bras sur ses épaules pour marcher dans la rue ou traverser une foule. Il lui semblait alors qu'il pouvait l'emmener n'importe où. Il semblait si sûr, si rassurant. Il veillait sur elle et rien ne pouvait lui arriver. À les voir ainsi, certains pensaient qu'ils étaient en couple. Eux s'en amusaient.

Au fil des ans, ils avaient séché les cours ensemble, obtenu leur bac la même année – Manu avec mention, Mila de justesse. Ils avaient dansé jusqu'à l'aube en boîte de nuit, s'étaient incrustés dans des soirées où ils ne connaissaient personne mais d'où ils repartaient avec des tas de nouveaux amis. Ils avaient partagé leurs rêves d'avenir – Manu voulait passer un doctorat en sciences humaines puis enseigner et écrire des essais très sérieux, Mila n'avait aucune idée et faisait semblant d'aller à la fac. Lors d'une randonnée dans les gorges du Verdon ils avaient failli tomber dans une crevasse et avaient eu vraiment peur. Ils se disputaient parfois, jamais plus d'une journée, et se réconciliaient en s'aimant encore davantage. Ils avaient pris des leçons de tango et pensaient s'inscrire à un concours national, juste pour rire, s'étaient fait virer du cours parce qu'ils déconcentraient les autres élèves et étaient absents une fois sur deux. Et ils avaient toujours accueilli avec enthousiasme les amoureux de l'autre même si aucune de ces aventures n'avait duré. Jusqu'au jour où Manuel s'était évaporé après avoir envoyé ce texto : « On fait une pause. C'est moi qui te rappelle. » Mila avait cru à une plaisanterie, on s'en fichait de ces cours de tango, pourquoi Manu en faisait-il toute une histoire ? Il n'avait jamais plus téléphoné ni répondu à ses appels. Même leurs amis communs avaient perdu sa trace. Mila n'avait pas compris. Sept ans qu'ils partageaient tout, ou presque, Manu n'avait pas le droit de disparaître comme cela. Elle était passée par toutes les phases, de l'inquiétude d'abord à l'incompréhension, de la tristesse à la colère enfin. Puis avec le temps, elle y avait pensé de moins en moins, jusqu'à ce que le souvenir de leur amitié devienne comme ces magnifiques coquillages ramassés sur le rivage, mais qu'on a oubliés depuis longtemps sur une étagère et dont la nacre s'est peu à peu ternie. Manu n'avait plus été qu'une réminiscence de la jeunesse, une vague nostalgie, une interrogation à laquelle l'urgence de répondre ne signifiait plus rien.

Manu commande un Perrier, Mila un thé. Comme autrefois, c'est surtout lui qui parle. Il déroule les treize dernières années. Ses études qui n'en finissaient pas et ses débuts comme professeur jusqu'au constat sans appel – il s'ennuyait à mourir –, sa décision de tout envoyer balader, de tout reprendre à zéro, l'ouverture de son premier restaurant et le sentiment de se sentir enfin vivant, la rencontre avec sa femme, la naissance des jumeaux, puis le divorce, mais ça allait, il avait les garçons une semaine sur deux, et le reste du temps il était bien tout seul.

Mila l'écoute et l'observe. Elle retrouve ses sourires teintés de tendresse et d'ironie, et son regard où surgissent des éclats d'enfance même lorsqu'il se voudrait sérieux. Pour le reste, il a pris vingt kilos, coupé court ses cheveux jadis désordonnés, et porte des lunettes. Elle aurait pu ne pas le reconnaître. Il s'interrompt.

« Et toi ? Raconte.
— Je suis scénariste et j'ai une fille de cinq ans.
— Oh, comme les garçons. Et son père ?
— Il n'est plus là.
— Oui, c'est compliqué la vie à deux, et avec les enfants... Mais toi, ça va ? »

Elle sourit.

« Ça me fait plaisir de te voir.
— C'est dingue, tu n'as pas changé. »

La flatterie n'a jamais été dans les habitudes de Manuel. Elle est soulagée qu'il ne devine rien. Avant, pourtant, il décelait la moindre de ses humeurs. À cet instant, elle se moque de savoir les raisons de son éloignement. C'était il y a un siècle. Il la croit simplement séparée, et c'est parfait. Cela évite les explications et les « Oh ! je suis désolé » suivis du flot de questions : « Mais qu'est-ce qui s'est passé ? », « Ça a dû être terrible... » Mila ne déteste rien tant que les apitoiements. Elle ne lui dit pas davantage comme tout avait changé après qu'ils s'étaient perdus de vue. Très vite, elle avait cessé de sortir tous les soirs, de rire avec des inconnus, de danser jusqu'à l'aube. Sans Manu, l'insouciance était un risque qu'elle ne pouvait plus se permettre. Livrée à elle-même, ses vieux démons réapparaissaient. Et Mila était redevenue sage.

« Je dois filer, j'ai rendez-vous à l'école avec la maîtresse de Gaspard, mais on ne se quitte plus, n'est-ce pas ? Viens au resto avec ta fille. Je vous ferai des crêpes, ta fille aime les crêpes, bien sûr ? Ou on fait un truc avec les enfants, vous connaissez l'aquarium du Trocadéro ? Les garçons me tannent pour y retourner. »

Il note un numéro sur une carte de visite et la lui tend.

« Tu m'appelles !

— Je t'appellerai. »

Elle s'éloigne, partagée entre la joie de ces retrouvailles et un sentiment poisseux.

Alors qu'il s'avançait vers elle, avant qu'elle reconnaisse Manuel dans cet homme qui lui souriait, Mila imaginait déjà la suite. Ils allaient s'engouffrer dans une petite rue tranquille en échangeant quelques mots, les plus anodins possible. Ils rentreraient dans le premier hôtel de passe, le quartier n'en manquait pas. La chambre ressemblerait à toutes les autres. Moquette défraîchie, maigres rideaux, draps blancs et rêches, salle d'eau réduite au minimum – un bac à douche, un lavabo sur pied, une minuscule savonnette, des toilettes à la lunette molle en plastique bon marché. Mila s'en fichait, à peine la porte fermée elle enlèverait un à un ses vêtements. Exciter ses partenaires n'était pas difficile. Ou bien elle commencerait par le déshabiller lui. Puis, avec avidité, sans attendrissement ni pudeur, ils chercheraient égoïstement leur plaisir. Ils n'entendraient plus les bruits venant de la rue, du couloir ou des chambres voisines. Après, chacun à leur tour, ils passeraient rapidement se rafraîchir dans la minuscule salle d'eau, puis repartiraient de leur côté, impatients de retrouver leur liberté. Le visage de cet amant se confondrait alors avec tous les autres. Ou plutôt, il s'effacerait comme tous les autres. Sitôt qu'elle les avait quittés, Mila oubliait les sourires, les regards et les corps de ces hommes. Ne lui restait que la morphologie de leurs sexes. Longs, courts, trapus, droits ou fourchus, circoncis ou avec prépuce, à la peau plissée ou très douce. Tous la faisaient jouir. Lorsqu'ils la pénétraient, mais pas uniquement. Chaque fois qu'elle s'abandonnait avec un nouvel amant, toutes ces érections se dressaient dans son esprit, en même temps en elle. Elle n'était plus qu'une béance qui pouvait contenir toutes les queues, qui n'attendait que ça, c'était à en perdre la tête.

Manuel et sa solidité la renvoient soudain à sa part la plus sombre, comme s'il l'avait prise en flagrant délit d'obscénité. Pourtant, il n'a pas pu deviner les images qui l'ont assaillie, ni la crudité de ses pensées, ni l'étincelle de désir qui l'a traversée quelques instants plus tôt.

Elle s'éloigne. Elle se sent dépendante, avilie, dominée par ses pulsions d'animal carnivore.

7

Mila assiste à sa deuxième séance. Elle doute que la méditation puisse guérir d'un chagrin d'amour, mais elle vient parce qu'il faut bien tenter quelque chose contre sa mémoire défaillante, cette mémoire pleine de courants d'air, de portes qui s'entrouvrent et claquent aussitôt, de clés qui apparaissent et disparaissent, laissant Mila face à une succession de faits désincarnés.

Chacun s'assoit sur une des chaises placées en cercle. Elle retrouve le jeune homme discret, la rousse à l'expression crispée dont il est impossible de savoir s'il s'agit des séquelles d'un accident vasculaire cérébral ou d'un sourire adressé au coach, l'adolescente à la grosse écharpe d'où émerge une tête de moineau au regard vif, le couple qu'elle n'a d'abord pas identifié comme tel, chacun prenant soin de se tenir à l'écart de l'autre, l'aveugle, longue silhouette noire et blanche, noir des verres de ses lunettes, de ses cheveux, de son costume, blanc de sa chemise et de la canne qu'il dépose chaque fois délicatement à ses pieds, la bourgeoise qui ne rate aucune occasion d'évoquer ses nombreux mariages, sa retraite tibétaine ou sa dernière expérience avec un maître vaudou dont elle se plaint qu'il l'a laissée dans un désordre mental – désordre à l'évidence ayant peu à voir avec l'intervention du chaman.

Le coach guide la méditation. Mila ferme les yeux et se concentre sur sa voix. Motivée, vraiment motivée. Comme la semaine précédente, « Ici et maintenant » revient tel un mantra destiné à renouer avec soi-même et à trouver l'apaisement. C'est une incantation pour se laisser traverser par les douleurs et les regrets, pour affronter les faits les plus cruels et s'en libérer. Les autres semblent partager cette croyance. Pour eux, « Ici et maintenant » paraît être le graal. Quelle blague ! Coincée ici et maintenant, Mila ne retrouve ni le timbre de voix de Simon, ni le parfum de sa peau, ni la brûlure de ses caresses, ni l'éclat de ses rires, ni la douceur de son regard, ni le goût de leur bonheur. Elle a beau se répéter qu'il était son amour, son ami, son amant et le père de sa fille, ces formules tournent dans sa tête, aussi abstraites que des équations de physique quantique. Elle sait qu'il était à la fois solitaire et sociable. Qu'il était tendre, bavard, brillant et curieux. Qu'ils passaient ensemble des heures à discuter de tout. Cependant aucune de leurs conversations ne lui revient. Leur passé est pris dans une ouate si dense que plus rien n'est certain. Leur destin commun s'est défait tel un château de sable balayé par la tempête. Chaque grain est retourné à l'immensité de la grève. Personne ne soupçonne l'étendue de cette impuissance. Seule demeure, dans son réalisme le plus cru, la dernière image de Simon qui n'était plus vraiment Simon, cette image qui fait si mal et qui déclenche sa culpabilité d'avoir réagi trop tard. Alors elle s'applique. Elle déroule leur chronologie : leur rencontre, l'époque où tout paraissait simple et lumineux, l'arrivée de Zoé, le sourire si fier de son père lorsqu'il l'avait tenue pour la toute première fois dans ses bras et son étonnement de la trouver tellement légère, puis, dans une brusque et incontrôlable compression temporelle, les jours noirs quand Simon s'obstinait à refuser de prendre un autre avis médical, son corps qui perdait en force, les disputes à la hauteur de leurs angoisses respectives, et les tensions qui avaient fini par occuper tout l'espace. Mais ces réalités successives échappent à la vérité de leur histoire. Mila reste coupée d'elle-même et ne ressent plus rien. Pour se libérer de cette force inconsciente et incoercible qui a repoussé Simon dans un espace si lointain que l'existence même de leur amour est devenue réfutable, elle est prête à gratter là où ça fait mal, à aller à l'os pour retrouver la sève de leur relation et se souvenir de leur vie ensemble.

D'un ton monocorde et les yeux clos, le coach déroule les phrases censées accompagner leur plongée intérieure : « Pensez à quelque chose d'agréable… un souvenir qui vous est cher… un lieu où vous vous sentez bien… une sensation plaisante… votre respiration est profonde… ici et maintenant… laissez-vous porter… » Il se tait. Mila convoque des images d'océan. Elle a toujours aimé le saisissement de la chair rencontrant l'eau fraîche et vive, et la lumière qui brûle l'horizon. Mais son esprit refuse toute forme d'abandon. Le silence s'étire, interminable. Pour Mila, un bloc de marbre. Elle rouvre les yeux et s'échappe comme un écolier rêveur qui suit le vol des oiseaux par la fenêtre de la classe quand il faudrait se concentrer sur l'interrogation écrite. Elle observe les participants, immobiles, absorbés par leur méditation, repliés en eux-mêmes. Elle imagine leur vie. L'adolescente réussit brillamment ses études mais a peu d'amis et entretient des relations conflictuelles avec ses parents auxquels elle trouve l'esprit étriqué. Le jeune homme, tourmenté par une sexualité hésitante, connaît par cœur toutes les chansons de Mika et de Céline Dion mais pense être amoureux de sa jolie collègue qu'un fiancé attend tous les soirs à la sortie du bureau. La rousse traverse l'existence d'un échec à l'autre, choisissant toujours les hommes qui ne la remarquent pas ou qui la rendent malheureuse. Concernant le couple, Mila préférerait une banale histoire d'adultère, mais elle n'envisage qu'un enfant perdu et, depuis, tout qui blesse et se défait dans les non-dits. L'aveugle pourrait devenir un personnage de fiction. Aucune approximation vestimentaire que justifierait pourtant sa cécité. Son costume est impeccable, sa chemise sans le moindre pli, sa barbe parfaitement entretenue. Son apparence trahit sa coquetterie jusqu'à la façon dont il manipule sa canne comme s'il s'agissait d'un accessoire d'élégance. Mila imagine sa femme. Par comparaison, et à chacune de leurs étreintes, sa compagne doit mesurer la maladresse de ses anciens amants. Eux n'étaient attentifs ni aux frémissements soudains de la peau ni aux changements de souffle. Eux ne percevaient pas ses impatiences ni ses cambrements qui auraient donné le juste tempo. De son côté, son mari l'aime pour son refus de le considérer comme un invalide et pour l'exigence qu'elle met dans leur relation. Il l'aime pour l'obligation de dignité et d'autonomie qu'il lui doit.

Le coach ouvre un œil et surprend Mila. Ils échangent un sourire, sans illusion pour l'un, coupable pour l'autre. Elle abandonne aussitôt ces vies imaginaires et referme les yeux.

« Vos émotions vous traversent... ressentez-les pleinement », encourage l'homme d'une voix doucereuse.

Elle respire, fait un effort de concentration, pense au ressac s'échouant sur le rivage. Mais c'est la maison qu'ils avaient louée le premier été qui surgit. Elle revoit le vieux chêne au tronc noueux à l'ombre duquel ils déjeunaient. Elle revoit précisément les carreaux bleu pâle de la salle de bains et ceux qui manquaient à droite de la douche, découvrant le ciment entamé. Elle revoit la lumière de fin de journée qui entrait par la fenêtre de la chambre et frappait les draps d'un ruissellement solaire. Mais Simon, lui, reste flou, insaisissable. Parfois, l'espace d'une seconde, les souvenirs semblent revenir... Puis rien. Tout au plus Mila est-elle parcourue d'une désagréable bouffée de chaleur. Simon s'enfonce dans une mémoire inaccessible. Elle se sent comme celle qui aurait su jouer Vivaldi, Mozart, Rachmaninov, Beethoven, et aurait appris dans les manuels la somme de tout ce qu'il y a à connaître sur la musique, mais serait tout à coup incapable d'interpréter la moindre note. Impuissante. Coupée d'elle-même. Et dévorée par la culpabilité face à son inconsistance. Elle pourrait se cogner la tête contre les murs.

Ici et maintenant.

Pour sa défense, elle se répète que chacun fait comme il peut, qu'il ne faut pas juger trop sévèrement celui qui soudain devient infirme. C'est un infirme.

La cloche tinte. Libératrice. La séance s'achève. Tous ouvrent les yeux et émergent de leur torpeur méditative. Certains s'étirent ou bâillent, d'autres sourient béatement, la bourgeoise se rue sur le coach pour lui poser d'inutiles questions. Mila se lève, enfile sa veste avec un goût d'échec et de frustration. Pourtant, elle reviendra la semaine prochaine.

Elle quitte l'immeuble, suivie par l'aveugle.

« Vous ne parlez jamais ? l'apostrophe-t-il sur le trottoir.

— Pardon ?

— J'avais besoin d'entendre le son de votre voix pour mettre un visage sur votre présence. Vous êtes la seule à ne jamais vous exprimer… Vous utilisez un shampoing à la camomille.

— C'est possible… je ne sais pas…

— Ce n'était pas une question. Vous êtes blonde. »

La porte cochère s'ouvre sur la bourgeoise qui leur tombe dessus.

« Qu'il fait beau ! J'ai oublié mes lunettes de soleil ! Vous êtes plus prévoyant que moi ! Ah, mon taxi arrive. À la semaine prochaine ! »

La femme s'engouffre dans la voiture.

« La déficience n'est pas toujours où l'on croit », lâche-t-il, amusé.

Mila éclate de rire. L'homme sourit, et pendant une fraction de seconde, elle se demande si c'est à sa plaisanterie ou de lui avoir arraché ce rire.

« Passez une bonne journée.

— Vous aussi. »

Il s'élance sur le trottoir. Mila le regarde s'éloigner, étonnée par l'assurance de son pas. Elle part de l'autre côté, portée par une légèreté inattendue.

À peine arrivée à l'appartement, et avant d'être rattrapée par l'hésitation, elle ouvre grand le placard de la chambre. D'un geste volontaire, elle attrape et entasse dans des caisses les chemises, les cravates, les tee-shirts, les chandails, les chaussures, les chaussettes, les caleçons, les pantalons, les vestes, les costumes. Sans réfléchir, elle porte à son visage l'écharpe beige. En deux mois, l'odeur de Simon s'est évaporée. L'écharpe rejoint la pile. Mila retire les cintres nus, fait glisser ses robes sur la barre de la penderie, éparpille ses pulls et tout ce qui lui tombe sous la main pour occuper les étagères vides. Elle va à la salle de bains, jette dans un sac plastique la brosse à dents de Simon, son rasoir, les gélules et autres fioles d'huiles essentielles. Enfin, elle ramasse son ordinateur, son téléphone portable, son stylo, son dossier médical, qu'elle enfouit au fond du cagibi, derrière l'aspirateur et la table à repasser. Puis elle descend au sous-sol, balance les affaires de toilette dans la poubelle de l'immeuble et entrepose les vêtements à la cave.

Elle accomplit ces gestes comme on va à la guerre, aveugle et nauséeuse, l'esprit tendu vers un unique objectif de survie.

Elle remonte à l'appartement, satisfaite, presque fière de ce qu'elle vient d'accomplir. Désorientée aussi de constater combien il semble simple et rapide d'effacer les traces de dix années de vie commune.

8

Dans une allée déserte du parc des Buttes-Chaumont, une vieille dame marche vers Mila sans la voir, absorbée par sa conversation avec son chien. Elle ne lui ordonne pas de laisser les pigeons en paix ou de ne pas trop tirer sur sa laisse, mais lui parle comme elle s'adresserait à son mari : « Tu me connais, je lui ai dit ce que je pense, non mais elle croit quoi, Gisèle ! Je suis sûre que c'est cette garce déjà qui avait cassé mon vase bleu, tu te souviens ? Celui que j'avais rapporté du Maroc… » Mila les regarde passer près d'elle puis s'éloigner sous un ciel noir et se demande quel degré de solitude il faut atteindre pour n'avoir qu'un bâtard à qui se plaindre de sa vie. Le chien trottine en calant son pas sur celui de sa maîtresse. Ils dodelinent tous les deux de la tête en rythme. Les cheveux courts de la femme et les poils de l'animal ont le même aspect dru et sec. À cet instant, le ciel se déchire, un coup de tonnerre résonne, aussitôt suivi d'une pluie diluvienne. Mila se met à courir et dévale la grande pelouse. Elle se réfugie dans la grotte en bordure du lac. Quelques secondes ont suffi pour qu'elle soit entièrement trempée. L'humidité est partout : derrière elle où dégringole une cascade le long des parois rocheuses, sur le lac où les gouttes rebondissent à la surface de l'eau et créent une vapeur opaline, dans l'atmosphère où la brume efface la butte, le belvédère et la cime des grands arbres.

Dans la pénombre de son abri, Mila se remémore les parties de cache-cache de son enfance. Si elle ne se rappelle plus qui étaient ses compagnons de jeu, elle retrouve son excitation lorsqu'elle observait de sa cachette ceux qui la cherchaient, passant et repassant devant elle sans la voir. Elle se sentait alors pourvue d'un pouvoir magique. De tous, le don d'invisibilité lui avait toujours paru le plus désirable.

Elle est interrompue dans ses rêveries quand un homme déboule à l'entrée de la grotte. Son pied glisse sur la pierre mouillée. Il manque de lui rentrer dedans. D'un coup de reins, il parvient de justesse à l'éviter.

« Oups ! Désolé. »

Il reprend son souffle et se balance d'une jambe sur l'autre, sans doute embarrassé par son entrée spectaculaire, ou plus probablement pressé de rentrer chez lui. Toutes les trois secondes, dégoulinant de la tête aux pieds, il tend le cou vers l'extérieur dans l'espoir d'une accalmie. Mais les hallebardes tombent avec une égale violence et le ciel, si c'est possible, continue de s'assombrir. Mila se demande ce qu'il fait dans ce parc un jour de semaine, à dix heures du matin. D'une quarantaine d'années, bien rasé, il porte une parka de bonne coupe et des baskets neuves. Mila l'imagine cadre récemment licencié, ou architecte en attente de projet, ou brillant informaticien incapable de travailler aux heures habituelles, ou musicien d'orchestre classique. Elle hésite. La température ne cesse de chuter. Elle remonte son col.

« Je vous aurais volontiers proposé ma veste, mais elle est un peu mouillée ! »

La voix n'est pas désagréable.

« Oui, en effet, sourit-elle.

— On dirait qu'on est coincés ici encore pour un moment. »

Le vacarme de la cascade se mêle au déluge qui semble ne jamais devoir s'arrêter. Mila ne pense plus à rien. Elle se perd dans l'évanescence du paysage. Alors, est-ce lui ou elle ? Pourtant, elle n'a pas l'impression d'avoir bougé, ils se trouvent si près l'un de l'autre qu'elle sent son parfum, un agréable parfum de vétiver, leurs regards se croisent, s'accrochent, le temps s'arrête, combien de secondes, de minutes, il effleure sa joue, elle bascule la tête en arrière, puis tout s'accélère et s'enchaîne, les bouches se rencontrent, les mains s'animent, découvrent et explorent un nouveau territoire, courent, s'immiscent partout jusqu'à trouver ce qu'elles cherchent, la chaleur soudaine, irradiante, communicative, son corps à elle se tend, se cambre et se liquéfie, autoritaire, impatient, affamé, puissant, et son désir à lui, d'une vigueur inattendue.

La pluie a maintenant cessé. Il griffonne son numéro de téléphone sur une boîte d'allumettes.

« J'adorerais vous revoir », glisse-t-il en quittant la grotte.

Il part vers le haut du parc. Mila se dirige vers la porte principale. Elle sent au fond de sa poche l'entrechoquement des allumettes dans leur étui. En débouchant à l'angle de la rue Botzaris et de l'avenue Simon-Bolivar, elle se fait cette remarque dont elle mesure l'absurdité : comment un homme au physique aussi insignifiant peut-il être un si grand baiseur ?

9

On sonne à la porte, Zoé se précipite pour ouvrir.

« Jeanne ! »

L'enfant se jette dans ses bras.

« Tu m'as tellement manqué, mon ange, je crois bien que je vais te dévorer !

— Maman ! Au secours ! Jeanne veut me manger ! »

La fillette part se cacher derrière le canapé en hurlant de rire.

Lorsque Mila avait invité deux jours plus tôt sa tante à venir les rejoindre à Paris, celle-ci n'avait même pas prétendu vouloir quitter la pluie londonienne, d'ailleurs elle rentrait tout juste de vacances au soleil. Elle avait répondu qu'elle arrivait.

Quand Mila était enfant et que sa mère, architecte d'intérieur, partait travailler en province ou à l'étranger, c'était la sœur de celle-ci qui s'occupait d'elle. Jeanne s'installait dans l'appartement ou prenait sa nièce chez elle, et chaque fois Mila avait l'impression que le cours normal de son existence reprenait. C'était à sa tante qu'elle confiait ses secrets. C'était avec elle qu'elle riait pour un rien. C'était contre elle qu'elle aimait se blottir. C'était son odeur et ses caresses qui l'apaisaient.

Malgré cela, au lendemain de la mort de Simon, lorsque Jeanne avait proposé de s'installer à Paris avec elles, Mila avait refusé. Sa propre réaction l'avait surprise. Un lien fusionnel les unissait. Sans doute avait-elle besoin d'éprouver sa capacité à être mère sans Simon et, plus encore, besoin de se fondre dans son amour pour sa fille, cet amour qui l'ancrait dans la suite des jours. Et, sûrement, lui fallait-il parvenir à surmonter la perte de Simon, à sauter seule l'obstacle. Sa tante n'avait pas insisté. Entre elles, les explications avaient toujours été superflues.

« Je vais préparer des cookies. Zoé, tu me diras s'ils sont toujours aussi bons. Quel parfum ?

– Chocolat ! Mais d'abord, viens vérifier, je ne suis plus du tout chatouilleuse.

— Ah oui, vraiment ? On va voir ça tout de suite. »

Jeanne abat aussitôt ses deux mains sur l'enfant et laisse ses doigts courir partout. Zoé se met à glousser et à gesticuler.

« C'est trop dur, arrête ! »

Mila regarde sa tante et sa fille allongées par terre, heureuses d'être réunies. Et il lui semble que la vie peut reprendre. Différente. Mais possible.

Jeanne ouvre les placards de la cuisine. Elle sait où trouver chaque ustensile, chaque ingrédient. Tranquillement assise, Mila l'observe virevolter dans la pièce, casser les œufs, malaxer le beurre, saupoudrer farine sucre cannelle et autres épices, concasser le chocolat noir en petits morceaux.

« Il n'y a plus de cardamome ?

— Je ne sais pas.

— L'anis étoilé fera l'affaire. »

Zoé déboule dans la cuisine, tourne autour de Jeanne et vole un carré de chocolat, puis repart jouer.

« Elle semble tenir le coup.

— C'est ce que dit sa maîtresse. D'après elle, rien n'a changé dans son comportement.

— Toi, en revanche, tu as intérêt à manger mes cookies ! Et pas que ça.

— Comment va Londres ? »

En guise de réponse, Jeanne raconte ses vacances : l'île Maurice, comme chaque année – Henry aime l'île Maurice –, toujours le même hôtel luxueux, la même plage de sable fin, le même océan Indien. Le paradis *ad nauseam*. En parler est une esquive, une façon de ne pas répondre à la question, de ne pas évoquer tout ce qu'elle ne fait pas, ne fait plus, tout ce à quoi elle a renoncé. Elle se tait surtout pour ménager sa nièce, elle sait que Mila désapprouve cette dépendance consentie. Mais si c'était à refaire, Jeanne succomberait de nouveau à Henry. Elle calerait sa vie de la même manière sur celle de son mari.

Jeanne enfourne les biscuits, se sert un verre d'eau et s'assoit en face de Mila. Les deux femmes restent ainsi. Deux âmes unies. Tranquilles, sans crainte du silence. Un parfum d'épices, de chocolat chaud et de biscuit se répand peu à peu dans la cuisine. C'est une odeur d'enfance. Mila savoure sa joie de retrouver Jeanne. Elle veut pleinement profiter du moment. Comme chaque fois, un flot de souvenirs l'assaille, leurs fous rires, toutes leurs conversations, leurs confidences, les visites des réserves du musée d'Orsay où Jeanne travaillait autrefois et qui semblaient être une gigantesque cache aux trésors, les vacances passées ensemble dans le cabanon d'Ischia. Mila est ramenée au-delà même de la conscience, jusqu'au plus lointain passé, à cet instant originel lorsque Jeanne l'avait prise dans ses bras le jour de sa naissance, il y a trente-cinq ans.

Tout au long de son enfance, Mila avait voulu lui ressembler, non pas à cause de ses yeux rieurs, de ses taches de rousseur ou des boucles brunes dansant autour de son visage, mais simplement parce qu'elle l'aimait. Par opposition, elle ne voyait que sa propre pâleur. Plus encore lui apparaissait le partage des rôles entre les sœurs qu'aucune n'avait jamais contesté. La vedette de la famille, celle qui méritait toutes les attentions, c'était sa mère. La diaphane Nathalie ne prenait rien au sérieux à part elle-même. Elle absorbait la lumière comme une plaque de plomb quand Jeanne en renvoyait l'éclat vers les autres.

Mila restait rarement seule avec sa mère. Entre deux chantiers, celle-ci organisait sans cesse des dîners ou improvisait des apéritifs qui s'éternisaient jusqu'à des heures tardives. Mila voyait alors défiler des inconnus. Ils débarquaient à trois, à cinq, à dix. Ils riaient fort. Ils fumaient des cigarettes à l'odeur âcre et écœurante. Ils avaient l'air contents d'eux. Ils mélangeaient les alcools. Ils tournaient autour de sa mère dans de savantes circonvolutions. Aussi loin que Mila se souvienne, rien n'avait jamais été fluide entre elles. Chacune cherchait le mode d'emploi, la bonne attitude, le mot attendu, le geste juste. Toute l'aisance de Nathalie s'évaporait en présence de sa fille, seule à percevoir et à subir cet embarras. Tel l'éther, il flottait, impalpable, aussi contagieux qu'une maladie honteuse, sans qu'aucune ne fût en mesure de le nommer. Avec le temps, Mila s'était pourtant habituée aux malentendus, aux silences ou aux maladresses. Ainsi, elle avait traversé l'enfance, puis l'adolescence, sans jamais rien partager d'intime avec sa mère. Jamais une dispute, jamais une critique ou un reproche. Elles n'en étaient même pas à ce stade de communication. Nathalie ne lui posait aucune question sur ses envies ou ses études. Le calme de sa fille lui suffisait. Elles restaient comme des étrangères, polies, l'une et l'autre soulagées par la brièveté de leurs rencontres. L'appartement n'était véritablement investi par aucune des deux. Mila, parce que c'était chez sa mère. Nathalie, parce qu'elle semblait toujours en transit, entre deux absences.

Un objet matérialisait l'aspect irréconciliable de leur relation. Ou, plus exactement, une photo en noir et blanc prise par un ami de sa mère en Corse. Nathalie avait encadré cet unique portrait de Mila et l'avait posé sur la commode de sa chambre, face à son lit. Sur le cliché, Mila avait huit ans. Assise au comptoir d'un bar trop haut pour elle, sa tête reposait sur ses bras croisés au-dessus du zinc. Elle revenait de la plage. Ses cheveux étaient mouillés et désordonnées. Les mèches salées mangeaient ses joues. Sa peau était bronzée. Ses yeux paraissaient immenses et translucides, si clairs qu'on les supposait bleus. En réalité, ils étaient verts. La lumière de fin du jour et la longue focale lui donnaient une beauté dans laquelle Mila ne s'était jamais reconnue. Elle ne se rappelait que sa transparence, cette sensation d'être là sans être vue ni entendue. Cette fillette n'était pas elle. C'était une image rêvée d'enfant. Un espoir. Ou un regret.

Un jour, elle était passée dans le couloir près de la chambre maternelle et avait surpris Nathalie en train de fixer la photo. Sentant une présence, celle-ci avait tourné la tête. Mila avait espéré un sourire. Sa mère avait alors reculé, ne laissant qu'un vide dans l'embrasure de la porte.

Mila n'avait jamais oublié.

Puis, vers vingt ans, elle s'était rendu compte qu'elle n'attendait plus rien de cette relation. C'était un simple constat. Sans tristesse particulière. Sa vie était devant elle. N'appartenait qu'à elle, et ne dépendait de personne.

10

Mila se réveille tout juste lorsque Jeanne et Zoé reviennent à l'appartement. Elle se rappelle avoir senti plus tôt sa tante se lever discrètement, puis entendu claquer la porte d'entrée. C'est la première fois qu'elle dort si tard, même pour un samedi. Zoé débarque dans le salon avec une bicyclette.

« Maman, regarde ! Jeanne m'a offert un vélo.

— Il est magnifique !

— Et tu as vu, il n'y a même pas les petites roues sur les côtés, c'est un vélo de grand.

— Mais tu n'en as jamais fait !

— Zoé n'a rien voulu savoir. Mais je crois qu'elle va très bien se débrouiller, enchaîne Jeanne.

— Tout le monde sait en faire. Alors moi aussi je vais y arriver.

— La grasse matinée était bonne ? » demande Jeanne à sa nièce encore en pyjama à onze heures.

Après le déjeuner, elles se rendent toutes les trois au bois de Boulogne. Mila choisit une allée piétonne raisonnablement fréquentée. Zoé écoute les explications de sa mère, lorsqu'un cycliste passe tout près d'elles. Il chaloupe avec assurance, bras croisés sur la poitrine. Il semble danser sur sa fine monture. Zoé ne le quitte pas du regard.

« Zoé, tes mains ne doivent jamais lâcher le guidon ! »

Mila garde pour elle sa peur qu'elle tombe et toutes les possibilités qu'elle entrevoit, du genou ouvert à la dent cassée. Elle ne veut pas lui communiquer son appréhension. Surtout, elle espère que Zoé réussira à faire du vélo. Comme à son entrée en maternelle, elle l'encourage et la conseille, et retrouve la même excitation. Ce qui l'emporte, c'est son désir de la voir apprendre, grandir, s'élancer vers l'inconnu et découvrir le monde.

Depuis le jour de la naissance de sa fille, à chacune de ses premières fois, Mila n'a cessé de s'émerveiller. Premier fou rire, premier mot, premiers pas, première phrase… Désormais, à ce simple bonheur maternel s'ajoute une forme d'urgence. Mila est maintenant seule à veiller sur elle, à pouvoir la protéger. Elle a l'obligation d'être présente et sûre. Cette responsabilité lui incombe sans qu'aucune défaillance soit possible. Parfois, dans son sommeil, elle rêve. Zoé est devenue grande. Autonome. Elle n'a plus besoin de personne. Mila peut se détendre. Elle pourrait tomber malade, mourir, même, ce ne serait plus si grave. Mais le réveil lui rappelle que ce temps se comptera en années.

Zoé enfourche le vélo, agrippe les poignées. Sa mère maintient fermement la selle. L'enfant place ses pieds sur les pédales.

« Pour t'arrêter, tu te rappelles où sont les freins ?

— Oui.

— Tu vas tout droit. Et je te lâche quand tu roules.

— Oui, maman. Jeanne, tu me regardes, hein !

— Évidemment, mon ange. »

Mila se met à courir, courbée en deux, elle pousse Zoé, puis la lâche. La fillette s'élance sur quelques mètres, chancelle, manque tomber en posant un pied au sol. Sa mère la rejoint.

« Tu dois bien tenir le guidon. »

Elle la pousse de nouveau, plus fort pour lui donner davantage d'élan. À la cinquième tentative, Zoé s'éloigne dans l'allée, d'abord en zigzaguant – Mila voit déjà la chute –, puis elle gagne en assurance. Sa mère s'arrête, rejointe par Jeanne. Elles regardent Zoé se faufiler au milieu des promeneurs. Mila ne dit pas un mot, elle respire à peine. Il lui semble que c'est elle qui découvre l'équilibre, elle qui fait du vélo pour la première fois, elle qui éprouve la sensation de vitesse, le vent sur son visage, elle qui double les marcheurs dans un sentiment d'ivresse. Elle ne s'est pas sentie aussi vivante depuis des mois. Zoé ralentit, fait un large demi-tour et manque rentrer dans un passant qui a juste le temps de s'écarter. Mais elle ne tombe pas. Elle pédale maintenant vers les deux femmes avec son plus grand sourire, les yeux brillants et une expression de triomphe. Derrière sa joie et sa fierté, Mila décèle avec certitude – alors même que cela paraît inimaginable – la volonté de sa fille de la rassurer, de lui prouver combien elle est grande et forte. Soulagée face à sa résilience, Mila prend une large inspiration. Elle se concentre pour retenir l'instant. Elle veut dilater chaque seconde jusqu'à l'arrêt sur image. Elle enregistre les cris des enfants qui courent sur la pelouse à sa droite, la présence de Jeanne accrochée à son bras et qui se tait pour ne pas rompre l'émotion, les deux policiers à cheval qui remontent tranquillement l'allée, le couple qui avance main dans la main face à elles, les trois vieilles qui papotent et rient comme des adolescentes, l'homme qui promène son chien, le cycliste siffleur qui passe et repasse, agile et léger comme un acrobate, l'avion dont la traînée blanche vient croiser dans le ciel dégagé celle d'un autre appareil, et au centre, sa fille qui roule vers elle, sa fille grisée par son audace, découvrant une liberté nouvelle.

L'important est de graver ce moment dans sa mémoire, d'en fixer chaque détail. De se souvenir de cet après-midi de mars, non pas comme celui où Simon a raté les débuts de sa fille à vélo, mais comme celui de la victoire de Zoé sur l'équilibre.

Le soir, en se couchant, Mila revoit Zoé foncer vers elle sur sa bicyclette, minuscule au milieu des promeneurs. Elle revoit ses joues rondes d'enfant de cinq ans, le trou laissé par l'incisive du haut tombée la veille. Et l'éclat de maturité dans son regard. Mila se demande si sa fille a pensé à son père, si elle a été triste ou déçue de ne pas pouvoir lui montrer de quoi elle est capable. Elle interroge Jeanne. Celle-ci lui rappelle avec quel appétit Zoé a dévoré son goûter à leur retour à l'appartement.

Mila sait que le cerveau en formation de sa fille va lentement commencer à effacer le souvenir de son père. Zoé parle déjà moins souvent de lui. Sans doute pour se protéger. Peut-être aussi pour protéger sa mère. Tendue vers l'avenir, elle le perdra chaque jour davantage. À son âge, le temps est une rouille qui dévore inéluctablement un passé encore mal fixé.

Alors, comme autant de bouteilles à la mer, Mila dit : « Mais si, je t'assure que papa adorait les brocolis... », « Regarde, on passe devant le parc où papa t'a emmenée l'été dernier voir les lions et les rhinocéros... », « Papa serait fier de voir comme tu sais faire du vélo... » Zoé l'écoute, puis parle d'autre chose. Mila n'insiste pas. Elle se trouve face à une enfant de cinq ans, son enfant, comme devant une énigme. Pour avoir perdu son père à peu près au même âge, elle devrait pourtant être moins démunie. Mais à l'époque, aucun récit, aucune anecdote n'étaient venus entretenir la survivance paternelle. Mila n'avait trouvé sur son chemin aucun de ces petits cailloux qui auraient pu prolonger un quotidien révolu, préserver le sentiment d'une présence, une sensation, l'aider à se remémorer un trait de caractère ; à forger ne serait-ce qu'une image d'Épinal. Jeanne elle-même avait mis du temps avant de briser la règle imposée par sa sœur. Et lorsqu'elle avait commencé à lui raconter son père, trop de temps s'était écoulé. Ses sensations n'étaient plus accessibles. Tout s'était asséché.

Avec Zoé, Mila persiste à ancrer Simon dans le présent parce que cela lui semble juste. Parce que le silence est une forme de mensonge qui obstrue tout, et parce qu'il ne répare jamais rien. Lorsqu'elle égrène les événements de leur ancienne vie, elle ignore où et comment viennent se fixer ces bulles qu'elle disperse autour de sa fille. Peut-être se perdent-elles dans l'espace telles des lanternes chinoises. Au moins auront-elles brillé quelques instants.

11

« Tu as jeté un œil sur l'enveloppe ?

— Non », répond Mila, sachant aussitôt à quoi pense sa tante.

Le jour de l'enterrement, après la cérémonie, Aurélien avait raccompagné Jeanne, Zoé et Mila chez elles. Ils étaient montés ensemble à l'appartement. Aurélien avait bu un verre d'eau dans la cuisine et donné à Mila la grande enveloppe kraft que Simon l'avait chargé de lui remettre le moment venu.

Le soir, après avoir couché sa fille, Mila avait demandé à sa tante d'en regarder le contenu. Celle-ci l'avait ouverte. Mila fixait la rue à travers la fenêtre, résolue à ne pas s'en détourner.

« Il y a un cahier pour Zoé, et aussi une lettre à ton attention.

— Ça peut attendre ? »

Jeanne avait encore pris quelques instants avant de répondre.

« Ça peut attendre... J'ignorais que Simon dessinait.

— Range ça dans la commode, s'il te plaît. »

La révélation de ces dessins avait saisi Mila. Jamais elle n'avait vu Simon un crayon à la main. Une seule fois, il avait fait allusion aux Arts-Déco : à dix-sept ans, il avait brièvement envisagé de s'y inscrire avant d'opter pour des études de commerce, avec déjà l'idée de se lancer dans la production de films. Mais c'était bien avant leur rencontre.

Les jours avaient passé, et Mila avait oublié le cahier et la lettre comme tout ce qui risquait d'ébranler le fragile équilibre auquel elle s'accrochait. Elle avait soigneusement évité le fameux tiroir, préférant renoncer tout l'hiver aux écharpes et foulards qui s'y entassaient.

À présent, elle décide d'ouvrir la commode. La voix de Jeanne, au téléphone avec Henry dans la pièce voisine, bruisse comme un encouragement. L'enveloppe kraft est là. En extirpant le cahier, la lettre tombe par terre. Mila retrouve le papier vergé blanc crème que Simon utilisait pour sa correspondance. Elle retrouve sa calligraphie : le *M* en verticalité majestueuse, le *i* et le *a* très petits, séparés par la ligne pure du *l*. Elle ramasse la lettre et la remet dans la pochette comme si, par simple contact, elle risquait de se brûler. Elle soulève la couverture du cahier et découvre la première page. Sous le titre, *La Magicienne minuscule*, un portrait au crayon de Zoé. Mila n'en revient pas. En quelques traits, Simon a rendu toute la malice de leur fille.

C'est une gifle. Mila se trouve tellement ignorante, tellement idiote. Simon avait ses secrets. Cela lui paraissait normal. Elle l'acceptait. Mais comment avait-elle pu rester dans l'ignorance d'une chose aussi peu inavouable que son talent pour le dessin ? Elle ne l'avait pas assez interrogé sur sa jeunesse, son passé, ses goûts. Furieuse contre elle-même et incapable de feuilleter les pages, elle remet tout dans l'enveloppe puis dans le tiroir. Elle attendra de digérer sa honte. Elle attendra d'être capable de regarder ce conte illustré sans trembler pour le lire à sa fille. D'ailleurs, elle n'est pas certaine que le moment soit venu pour Zoé. Pour l'instant, celle-ci continue de grandir précisément grâce à un processus d'oubli. Ainsi, chaque jour, sa mère s'étonne et s'émerveille de la voir progresser. Depuis peu, Zoé commence à lire « boulangerie », « café » et un tas d'autres inscriptions dans la rue. Elle corrige désormais sa mère lorsque celle-ci saute un mot dans un livre – elle connaît par cœur toutes les histoires. Elle s'amuse à égrener les chiffres jusqu'à la centaine tout en construisant un château. Elle mûrit à toute vitesse. À la sortie de l'école, elle explique que le grand-père d'Augustin vient de mourir et que c'est pour ça que son copain était de mauvaise humeur aujourd'hui, parce qu'il était triste.

Mila essaie de se souvenir d'elle au même âge. De la même façon, elle avait dû poursuivre le fil de son existence, répondre avec application aux questions de la maîtresse et participer au concours de marelle dans la cour de récréation comme si rien ne la différenciait de ses camarades. D'ailleurs, elle n'éprouvait aucune peine. Elle flottait juste dans un vide inexprimable.

Tenir le chagrin à distance est un exercice dans lequel excellent les enfants. Sans plainte ni ressassement, ils traversent les tragédies, ils les surmontent comme s'ils n'étaient pas atteints. Ou comme si le pragmatisme était l'unique réponse possible. Ils s'en accommodent en les enfouissant dans le recoin le plus reculé de leur conscience. Ils font preuve d'une résistance de superhéros. Et cette force est à la hauteur de leur impréparation au malheur. Ils semblent arriver au monde dotés d'une sagesse qu'ils perdront au fil du temps. Le changement commence à s'opérer au début de la puberté. Une mollesse de caractère et une sensibilité impossibles à canaliser l'emportent alors sur l'adaptabilité. Ainsi les blessures plongent les adolescents dans une langueur neurasthénique. Plus tard encore, les adultes confrontés à un drame apprennent à composer, à faire semblant, à paraître solides. En réalité, un profond sentiment d'injustice les terrasse. Leur capacité d'acceptation n'a pas survécu à l'enfance. Il suffit d'observer leur visage ravagé pour mesurer les efforts fournis pour accomplir les gestes les plus simples.

Mais pour l'heure, l'institutrice affirme que Zoé reste une élève sociable et pleine de vivacité. Mila ne remarque pas davantage de signes alarmants. Pourtant, elle sait le prix de cette adaptabilité. Zoé en gardera des cicatrices aussi profondes qu'invisibles. Elles deviendront sa force, et sa fragilité.

12

Moquette épaisse d'un vert anglais, rideaux soyeux protégeant de l'extérieur, lumières tamisées, long bar et mobilier en acajou, vaisselle en porcelaine fine, vieux alcools alignés derrière le comptoir et barman en costume noir et nœud papillon, l'atmosphère fin XIXe de ce bar d'hôtel doit coller parfaitement au fantasme des étrangers débarquant à Paris. Calée sur un canapé légèrement défraîchi, Mila boit son thé après une longue promenade matinale. Elle observe les clients, des étrangers pour la plupart. Là, un couple russe identifiable à vingt mètres, lui cheveux coupés ras, corpulent, elle bouche et seins refaits. Ici, trois femmes venues du Moyen-Orient en hijab, abaya et sacs Hermès, accompagnant sans doute les deux hommes installés un peu plus loin qui paraissent discuter d'affaires importantes. Mais c'est le livre posé sur la table voisine qui retient le plus l'attention de Mila. À l'époque où elle travaillait à la librairie, elle avait adoré *La Trilogie des jumeaux*. Assis sur la même banquette qu'elle mais à l'autre extrémité, le propriétaire du roman d'Agota Kristof reste absorbé par son smartphone. Elle ne résiste pas et lui demande :

« Pardon, je peux vous l'emprunter un instant ?

— Je vous en prie.

— Ça vous plaît ?

— J'en sais rien. Je me suis trompé. Je croyais avoir acheté un Agatha Christie.

— En effet, ça n'a rien à voir.

— Je vous l'offre.

— Je l'ai déjà, je vous remercie. Mais vous devriez quand même y jeter un œil, c'est très bien. »

Elle prend le livre et lit les premières lignes, puis le repose sur la table.

« Il y a du suspens ? demande-t-il.

— C'est un des romans les plus stupéfiants que j'aie lus, mais du suspens, non.

— Ah, dommage. Moi j'aime surtout les polars, c'est bien quand on voyage. Mais finalement, grâce à lui, je suis en train de discuter avec une inconnue. C'est une forme de suspens comme une autre. »

Il suit du regard l'arrivée de deux femmes en robe moulante. Mila termine son thé. Elle paie la note et se lève pour partir. L'homme tourne alors la tête vers elle.

« Voulez-vous m'expliquer en quoi cette histoire vous a tant plu ? Au calme, j'ai une chambre juste au-dessus. »

L'invitation est on ne peut plus explicite. Mila esquisse un sourire. Ils quittent ensemble le bar, traversent le hall de l'hôtel et se dirigent vers l'ascenseur. Il appuie sur le bouton du troisième étage. Ils sont seuls dans la cabine. À peine démarre-t-elle qu'avec une incroyable dextérité il écarte la veste de Mila, soulève son pull, arrache son soutien-gorge et commence à la caresser. Lorsque les portes s'ouvrent sur le palier, heureusement désert, elle est à moitié dévêtue et chancelante.

La chambre est plus spacieuse et plus chic que celles où elle se retrouve d'habitude. Leurs gestes s'enchaînent dans une chorégraphie connue de l'un et l'autre. Rapidement, Mila se retrouve nue au milieu de la pièce. Il tourne lentement autour d'elle pour l'observer sous tous les angles. Parfois d'un simple effleurement, il la fait se pencher, se cambrer ou écarter les jambes. Il prend tout son temps. Enfin il la renverse sur le lit. Sans se déshabiller, il bascule sur elle et l'écrase de tout son poids. Il ouvre sa braguette et extirpe son sexe. Il lui maintient les poignets au-dessus de la tête, la bloque entre ses cuisses. Et s'introduit. Il pousse aussi loin qu'il peut. Un monde entre en elle, un monde l'envahit et lui fait perdre tout repère, toute dignité. Dès qu'il la sent prête à jouir, l'homme se retire, sans pour autant libérer son emprise. Il attend qu'elle reprenne son souffle, qu'elle retrouve ses esprits. Il s'enfonce à nouveau, et Mila n'est plus Mila, elle n'est plus rien, juste une flaque d'eau ou de terre détrempée à la merci de cette chose insensée. Pendant un temps impossible à mesurer, l'homme joue avec elle encore et encore. Il la pénètre, l'abandonne à son désir implorant, la reprend, ressort à nouveau. Puis tout dérape.

« Tu m'aimes ? »

Il la regarde, attendant une réponse. De sa main libre, il lui caresse la joue. Dans la tête de Mila, tout s'embrouille. Elle essaie de l'attirer vers elle, en elle. Il insiste.

« Réponds. Tu m'aimes ? »

Qu'il se taise. Qu'il finisse juste ce qu'il a commencé.

« Tu m'aimes ? Dis-le : Je t'aime ! »

La question la dégrise brutalement. Elle veut s'en aller, là, maintenant, tout de suite. Elle ne veut plus voir ce regard acier qui la transperce et l'épingle sur ce lit, cette mâchoire qui tremble, ces lèvres fines et crispées, ces épaules aux muscles bandés, cette veine qui court dans ce cou trop massif, qui palpite, prête à exploser. Sous ce corps puissant, Mila ne peut rien.

« Oui. »

Des larmes silencieuses roulent sur ses joues.

« Oui quoi ?

— Je t'aime. »

Alors, tout s'enchaîne. Il la baise, et très vite dans un élan commun tout est fini. Elle n'a pas pu contenir l'orgasme.

Elle se relève, se rhabille hâtivement et quitte la chambre. Dans l'ascenseur, un couple d'Américains la salue. Elle est incapable de leur répondre. Sa peau et ses cheveux sont imprégnés de l'odeur de l'homme, mélange de parfum capiteux et de transpiration. La nausée monte. Les portes s'ouvrent. Elle se précipite vers l'extérieur. Et vomit dans le caniveau.

13

La séance s'achève. Mila se dit qu'elle ne reviendra pas. La méditation n'est décidément pas pour elle.

Elle sort de l'immeuble. Cette fois, l'aveugle la devance et lui tient la porte.

« Merci.

— Je vous en prie, discrète Camomille. À la semaine prochaine.

— Je ne crois pas.

— Vous arrêtez là ?

— Je ne suis vraiment pas douée pour cet exercice.

— J'ai eu du mal, moi aussi. C'est ma deuxième session en réalité. Je peux vous raconter une histoire ?

— Oui.

— Venez. Je vous offre un verre. »

Ils remontent la rue jusqu'à une petite place. Mila s'arrête devant le café.

« On y est. Je peux vous aider ? propose-t-elle.

— Non merci. Allez-y. Je vous suis. »

Mila entre. Il lui emboîte le pas, s'aidant à peine de sa canne. Tel un papillon, sa main cherche à tâtons la table, puis la banquette. L'habileté avec laquelle il gère l'espace continue d'étonner Mila. Ils s'asseyent. Le serveur vient prendre leur commande.

« Je n'ai pas toujours été aveugle. Ça m'est arrivé brutalement à dix-sept ans. À l'époque, j'avais déjà un très bon odorat, mais avec la cécité, il s'est encore développé. C'est comme ça que je suis devenu créateur de parfums. »

Il s'arrête. Boit une gorgée de thé. Puis reprend.

« Lorsque j'étais enfant, je m'amusais à associer les odeurs et les couleurs. J'habitais à la campagne et je passais mes temps libres à me promener dans les champs ou dans les bois. Je fermais les yeux. Et je me laissais envahir par les senteurs. L'herbe, les feuilles mortes, un champignon, une baie, un fruit, une fleur, la terre humide, une plante en décomposition, une touffe de menthe, toutes ces exhalaisons se transformaient en une infinité de couleurs qui n'avaient rien à voir avec leur réalité mais avec la sensation que j'en avais. Un nouveau paysage se déployait alors dans mon esprit. La nature n'était plus un dégradé de verts, elle devenait un tableau fauviste où toutes les tonalités s'entrechoquaient. »

Il marque une longue pause.

« Dans ma vie professionnelle, pour chacune de mes créations, je me suis toujours servi de ces facultés sensorielles. Je faisais d'incessants allers-retours entre perception visuelle et olfactive, chacune dialoguant avec l'autre et s'en nourrissant. Ça m'a été très précieux. »

Il ajuste le pont de ses lunettes noires sur son nez. Il tourne la tête vers Mila. Elle devine un flottement, une fragilité. Elle attend qu'il poursuive.

« L'année dernière, j'ai perdu les couleurs. Toutes les couleurs. Bien sûr, je ne les voyais plus depuis l'adolescence, mais jusque-là j'en avais conservé l'exacte vibration... Pardon, je vous ennuie.

— Pas du tout. Continuez, s'il vous plaît.

— Ma mémoire était une boîte aux trésors. Une boîte à outils, dans mon cas, serait d'ailleurs plus juste. Le noir, par exemple, a toujours senti le goudron chaud et le café... le marron, l'encens... l'ocre, les effluves poivrés d'immortelles... le violet, la tubéreuse... et ainsi de suite.

J'avais ma palette personnelle. Puis, du jour au lendemain, plus rien. Tout s'est effacé. J'ai rejoint l'obscurité, la vraie... Et mon inspiration s'est tarie. »

Il porte sa tasse à ses lèvres, boit à peine et reprend.

« Ma femme m'a décrit chaque nuance de chaque teinte. Mais je n'arrivais même plus à percevoir les couleurs primaires, alors... J'ai continué à travailler. J'avais assez d'expérience pour faire des associations faciles. Mais bon... Après différentes thérapies, j'ai fini par me tourner vers la méditation. C'était ma dernière chance. Ma carrière l'exigeait, ma santé mentale aussi... Les premières tentatives n'ont servi à rien. Comme vous, j'ai éprouvé un véritable découragement. Au cours de la dernière séance, j'étais fatigué. J'ai lâché prise. Je n'ai plus eu envie de me battre. Je suis rentré chez moi, résigné à cette perte. Le soir même, au moment de m'endormir, j'ai ressenti une chaleur fulgurante. Je me suis efforcé de garder mon calme. J'ai respiré, lentement, profondément. Vous savez, le fameux "Ici et maintenant" ! Et soudainement, le rouge a explosé dans ma nuit. Un rouge de braise, vibrant ! Un rouge qui sentait la terre brûlée par le soleil. »

Il hoche la tête et sourit.

« Elles ne sont pas encore toutes revenues, mais j'avance. Je suis confiant. »

Son sourire est un émerveillement d'enfant.

« Ma fille aussi s'est mise à écrire des poèmes pour m'aider à retrouver ces fichues couleurs. Elle y a pris goût et a continué pour son propre plaisir. Je l'ai vraiment découverte à travers sa poésie. C'est le plus beau cadeau que j'aie jamais reçu.

— Quel âge a-t-elle ?

— Vingt ans. »

Mila observe la rue. Les passants traversent l'espace délimité par la baie vitrée du café. Par la gauche, un homme entre dans le cadre. Il marche, courbé sur lui-même. Pris dans une conversation téléphonique, on dirait un dément se parlant à lui-même. Arrivant de l'autre côté, une vieille avance à petits pas. Trois adolescents déboulent et la dépassent en détournant à peine leur chemin, la frôlant. La femme se fige, comme si l'air qu'ils venaient de déplacer pouvait lui faire perdre l'équilibre. Puis, lentement, elle sort du champ. Main dans la main, un couple entre en scène. Les hauts talons de la fille mettent en tension chaque muscle de ses jambes découvertes jusqu'à mi-cuisses. Son cou s'étire loin des épaules. Son menton est fier. Sa tête offre un profil parfait. La fille paraît aspirée vers le ciel par d'invisibles fils. La démarche de son compagnon se développe souplement, sans que son costume ajusté ne l'entrave aucunement. Un léopard tranquille et sûr de sa puissance. Pour ceux-là, la rue est un théâtre où se joue leur importance. Au milieu du rond-point, sur le terre-plein central, un labrador aboie et tire sur sa laisse pour chasser les pigeons qui picorent au pied du platane. Son maître le suit et regarde s'envoler les oiseaux. Il semble avoir tout son temps.

Plusieurs minutes s'écoulent ainsi. Mila et l'aveugle restent immobiles, silencieux. Chacun se laisse porter par l'eau de sa vie. Assis côte à côte, le regard apparemment tourné dans la même direction, on pourrait les croire intimes. Un père et sa fille. Deux amis. Des amants. Personne ne pourrait imaginer qu'ils ignorent jusqu'à leur prénom.

« Votre histoire… » Mila doit s'éclaircir la voix avant de reprendre : « Votre histoire ressemble à la mienne.

— La mémoire ? C'est compliqué…

— Oui.

— Et pourtant, tout est là, dit-il.

— Je dois aller chercher ma fille à l'école.

— Bien sûr. »

Ils se lèvent et sortent.

« Peut-être nous croiserons-nous quand même la semaine prochaine », dit-il.

Devine-t-il son sourire ?

Quelque chose vient de céder. Elle ne va plus résister, elle va laisser sa mémoire décider pour elle. Le rouge est revenu. Simon lui reviendra. Elle attendra le temps qu'il faut.

14

L'appartement est plongé dans la pénombre. C'est un lieu inconnu, silencieux. Elle traverse une pièce vide. Au fond, une porte étroite est entrebâillée. Elle s'en approche. La pousse. Et découvre Simon. Assis par terre dans un coin. Immobile, il la fixe, mutique. Comme si elle venait perturber sa tranquillité. Ou comme si elle était coupable d'une faute impardonnable. Ou, plus cruel encore, comme si elle ne lui était rien. Ils sont si proches, elle pourrait le toucher. Il lui suffirait de tendre le bras pour sentir la chaleur de son corps, le grain de sa peau. Mais ce regard la pétrifie. Elle ne le reconnaît pas. C'est Simon, et ce n'est pas lui. Ce face-à-face s'éternise. Le temps s'est arrêté.

Elle se réveille en sueur.

La pâle lueur des réverbères s'immisce dans la chambre malgré les rideaux tirés. C'est le milieu de la nuit. Près d'elle, Jeanne dort paisiblement. Comme autrefois, lorsqu'elle avait fait un mauvais rêve et qu'elles étaient ensemble, Mila écoute le souffle régulier de sa tante. Caler sa respiration sur celle de Jeanne l'a toujours apaisée. Mais ce soir, dès qu'elle ferme les yeux, Simon réapparaît, le Simon du cauchemar, incroyablement présent. L'impression de réalité est trop forte, elle se lève. Elle s'enroule dans un plaid et s'installe sur le canapé du salon. Elle allume la télé pour s'étourdir d'images et chasser celle de Simon. Elle tombe sur la fin d'un reportage sur les forêts primaires, puis sur un feuilleton brésilien devant lequel elle finit par sombrer.

Au réveil, le malaise est toujours là, mais accompagné d'un fourmillement nouveau. Ce qui est en train de submerger Mila est plus puissant que la peine – si vaste soit-elle. Les événements et ses sentiments se révèlent dans une autre perspective. Dans son rêve, Simon a mis en scène sa mort pour lui échapper. Pour vivre sans elle, ailleurs, libéré. Ce rêve, c'est la colère de Mila qui explose enfin, une colère jusque-là enfouie, contenue sous la douleur. Mais à cet instant, elle comprend à quel point elle lui en veut de les avoir laissées seules, Zoé et elle.

Ces derniers mois, autant qu'il est possible, elle s'était habituée à vivre avec le chagrin, le manque et la culpabilité. Culpabilité de ne plus avoir accès à la chair de leur histoire, et culpabilité de n'avoir pas su le sauver. Elle n'avait pas mesuré sa colère.

Lorsqu'elle était tombée sur les premières ordonnances où s'étirait une longue liste d'extraits de plantes et de comprimés homéopathiques, Simon lui avait parlé d'une cure pour affronter l'hiver et renforcer ses défenses immunitaires. Les mois avaient passé. Tout semblait normal. Il se réjouissait de voir son dernier film sélectionné à Venise. Cependant, il paraissait par moments soucieux, et il maigrissait. Mila lui avait demandé de consulter un autre médecin pour faire un bilan de santé. Ces prescriptions de granules et d'huiles essentielles ne lui inspiraient aucune confiance. Il ne l'avait pas écoutée. Elle avait insisté. Les disputes avaient commencé, toujours autour de cet unique sujet. Il continuait de fondre et ne la touchait plus. Il avait fallu encore plusieurs semaines avant que Simon consente à aller faire des examens. Les spécialistes avaient été catégoriques : ils allaient tout tenter pour le soigner, mais la maladie était à un stade avancé. Il avait perdu beaucoup de temps.

Elle ignore combien de mois Simon était resté dans le déni, conforté par ce charlatan qui lui avait prescrit des pastilles aussi efficaces que des bonbons mentholés. Pourquoi s'était-il acharné dans son refus de voir un autre médecin ? Espérait-il que nier l'évidence l'en protégerait ? Se pensait-il immortel ? Ou sa peur était-elle trop grande ? Au bout du compte, ni son aveuglement ni ses secrets ne les avaient protégés du désastre.

Une fois le diagnostic posé, il se plia au traitement sans se plaindre. De son côté, Mila fit tout pour lui rendre la vie la plus douce possible.

Le temps n'était plus aux reproches.

La colère se fixa pourtant à ce moment-là. Elle se mit à irradier Mila comme un lent poison. La colère est un monstre bien plus dévastateur que le chagrin. Tel un cyclone, elle s'enroule autour d'un cœur apparemment inerte, mais à chaque tournoiement elle se gonfle d'énergie pour tout ravager sur son passage. L'amour n'est pas un sentiment pur ; s'y mêlent la rancœur, la déception, l'agressivité. C'est la colère qui a englouti la réalité de sa relation avec Simon. C'est la colère qui ronge la mémoire de Mila.

15

« Zoé n'est jamais allée à Ischia », lance Jeanne à brûle-pourpoint.

Mila l'observe et attend la suite. Elles ne sont plus retournées là-bas depuis si longtemps.

« Je me disais que vous pourriez y passer l'été… le temps que vous voudrez.

— Toutes les trois ?

— Ça, je ne crois pas. Henry a prévu un grand périple en Australie. Sa fille se marie à Sydney. Bon, tu t'en doutes, la maison a sûrement besoin d'un bon coup de frais. »

Vingt-six ans plus tôt, avant sa rencontre avec Henry, Jeanne avait trouvé sur les hauteurs de l'île italienne une petite bergerie abandonnée au bout d'un chemin de terre. Elle était tombée amoureuse de la vue plongeant à travers les pins maritimes jusqu'à la Méditerranée. Pendant des mois, elle avait retapé la bâtisse de pierres, défriché le terrain, élagué les arbres, créé des percées vers l'horizon et fait les premiers aménagements.

Puis elle y avait emmené sa nièce.

Mila avait alors neuf ans. Mais elle se souvient comme si c'était hier de sa découverte du lieu. Il lui suffit de fermer les yeux pour que tout revienne. D'abord, l'odeur des résineux chauffés par le soleil. Puis le chant des cigales emplissant l'espace. Le hamac à l'ombre des deux vieux mûriers. Le ruissellement de lumière s'insinuant entre chaque branche. Le ciel d'un bleu si intense qu'il paraît noir. La maison à taille d'enfant. À l'intérieur, une pièce à vivre simplement meublée. Les murs blanchis à la chaux aspirant l'éclat du dehors. Deux chambres collées l'une à l'autre. Une salle de douche. Au sol, les dalles fraîches.

Les vacances démarraient dès qu'elles embarquaient sur le ferry de Naples. Mila passait toute la traversée à la poupe, accrochée au bastingage. Éblouie par le soleil se diffractant sur chaque vague, elle humait l'air du large, et les embruns venaient la rafraîchir. Elle reconnaissait les îles. Capri à bâbord. Ensuite à tribord, Procida et la baie de Corricella avec ses maisons de pêcheurs multicolores empilées les unes sur les autres.

Le débarquement à Ischia Porto se faisait dans le plus grand désordre. Les îliens pressés et les touristes encombrés de valises jouaient des coudes pour descendre. Jeanne et Mila récupéraient une vieille Fiat 500 chez le loueur. Dans les rues étroites, les Vespa slalomaient à toute allure entre voitures et passants avec une affolante agilité et dans d'excessifs vrombissements. Avant de monter au cabanon, elles faisaient quelques provisions. À l'entrée des commerces étaient disposés les cageots d'oignons, de citrons, de tomates rouges, vertes, jaunes, ou de fruits. Au-dessus pendaient des colliers de grappes de piments luisants et des jambons odorants. Mila avait envie de tout dévorer.

À peine arrivées, et avant même d'ouvrir les volets, elles jetaient leurs sacs dans la maison, se déshabillaient à toute vitesse, enfilaient leur maillot de bain, leurs sandales, et dévalaient les deux cents mètres de dénivelé qu'il faudrait remonter un peu plus tard. Le sentier escarpé serpentait à travers le maquis jusqu'à la crique déserte. Elles se moquaient de savoir si la mer était tiède ou froide, elles plongeaient sans une hésitation. Aussitôt, le sel piquait la peau de Mila, l'attaquant là où les herbes du chemin venaient de griffer ses jambes. Alors, elle savait que l'été avait vraiment commencé. Parfois, quelques intrus arrivaient jusque-là sur une barque à moteur, presque toujours des Italiens à la peau brune qui se jetaient à l'eau en poussant des cris joyeux. Puis ils disparaissaient vers d'autres baies. Après s'être baignées, Jeanne et Mila séchaient sur la roche brûlante. Ensuite, elles remontaient au cabanon.

Tous les deux ou trois jours, elles descendaient à Sant'Angelo pour faire les courses, ou de temps en temps à Ischia Porto. Elles achetaient du pain, du fromage, des charcuteries, des melons, des pêches et des légumes qui avaient mûri sur place. Mila aimait regarder les devantures des boutiques qui vendaient des chapeaux, des paniers d'osier, des paréos ou des bijoux de pacotille. Elle aimait les triporteurs motorisés chargés de caisses ou d'enfants rieurs. Elle aimait les bateaux de pêche déjà rentrés au port à cette heure de la matinée, qui ballottaient au gré des vagues et cliquetaient en s'entrechoquant. Elle aimait aussi retrouver le calme de leur refuge.

Le soir, après le dîner, elles éteignaient les lumières de la maison. Elles s'allongeaient sur la terre encore tiède et le tapis d'aiguilles de pin dans lesquelles Mila laissait courir ses doigts. Elles guettaient les étoiles filantes. Jeanne les ratait presque toutes. Cela n'avait aucune importance. Mila faisait des vœux pour deux.

Puis Jeanne rencontra Henry. Elle partit s'installer à Londres. Mila venait d'avoir dix-huit ans.

La jeune fille connut aussitôt un sentiment d'arrachement. Leurs discussions lui manquaient. Le rire de sa tante et sa tendresse lui manquaient. Et leurs étés – puisque Henry avait décrété la maison d'Ischia bien trop petite, les plages trop éloignées – et le sable de l'île marron.

Déterminé, audacieux, charmeur, impatient, dictatorial, Henry a fait fortune dans les droits sportifs et les produits dérivés. Il a bâti son empire en avançant dans l'existence avec la force et l'efficacité d'un rouleau compresseur. Pour ce fils d'une comptable et d'un chauffeur de taxi au fort accent indien, le besoin de reconnaissance et l'accession à la meilleure société britannique compte, comme l'atteste sa photo aux côtés de la reine Élisabeth trônant sur la console du grand salon. Pour le reste, il a beau s'exprimer dans un anglais digne des plus anciennes familles, maîtriser la langue française, s'habiller chez les meilleurs tailleurs de Savile Row, avoir une des plus belles demeures de Londres et appeler les ministres par leur prénom, sa beauté trop exotique et ses regards veloutés le maintiennent en marge de ce monde aristocratique dont il a appris les moindres codes. Mais il a construit sa légende autour de ses origines modestes et métissées, et face aux journalistes, aux banquiers ou à ses employés, il ne manque aucune occasion de rappeler son enfance à Southall, banlieue populaire autrement appelée Little India, et ne craint ni l'échec ni le ridicule pour peu qu'il puisse en tirer parti. Mila pourrait trouver sympathique cette fidélité, même si elle n'est pas dupe du tour de passe-passe. Revendiquer de n'avoir fait aucune étude et d'être issu de l'immigration reste pour lui la meilleure mise en évidence de son habileté. C'est aussi un moyen de désamorcer les éventuelles critiques quant à ses méthodes souvent brutales et peu orthodoxes. Cela devient encore un argument pour contrer les attaques lorsqu'il évoque l'acharnement systémique réservé aux self-made-men qui osent se hisser dans l'échelle sociale. Mais ce qui interdit entre eux toute entente cordiale, c'est l'ascendant qu'il exerce sur sa femme. Bien sûr, la responsabilité de sa tante est entière. Celle-ci consent pleinement à sa soumission. Cela ne change rien : Mila regrette tout ce à quoi elle a renoncé. Pour lui, Jeanne a quitté son appartement parisien, abandonné son refuge d'Ischia, ses amis – et elle en avait beaucoup –, son métier de conservatrice qu'elle adorait. Elle avait contacté les musées londoniens, sans succès. Henry n'avait même pas fait semblant de solliciter ses nombreuses relations. D'ailleurs, répétait-il, quelle nécessité avait-elle de travailler. N'était-il pas là pour s'occuper d'elle et combler le moindre de ses désirs ?

Dès le départ, leur union fut un contrat de dupe. Jeanne n'avait pas d'enfant. Lui en avait déjà trois qui lui suffisaient. Jeanne s'évertua à faire son bonheur et consentit à tout. En retour, il la noya sous les caresses, les attentions, les mots tendres. Pourquoi aurait-elle résisté ? Il l'avait élue reine. Mais une reine autour de qui il fit le vide. C'était toujours lui qui l'emmenait où il le souhaitait, selon ses envies, lui qui décidait pour eux. Longtemps, Jeanne voulut croire que les désirs et les choix de cet homme étaient les siens. Qu'elle et son mari ne faisaient qu'un. Mais cette unité l'excluait tout entière.

Aujourd'hui, l'illusion de l'harmonie entre eux demeure intacte. Pourtant, au fil du temps, Jeanne a franchi une ligne invisible, dévastatrice. C'est le sacrifice de son indépendance qui a fait d'elle un objet conforme à l'usage attendu. C'est le renoncement à ses propres aspirations. C'est la conscience de n'avoir pas su résister à celui qui règne sur elle sans partage. C'est la conviction de ne plus savoir vivre de façon autonome tant son univers s'est rétréci au seul périmètre de cet homme qui avance à grandes enjambées pendant qu'elle ne va nulle part.

Le véritable poison n'est pas tant la fortune de Henry que le pouvoir qui l'accompagne. Ce pouvoir qui isole. Qui assèche le sens critique. Qui distord toute réalité et transforme la vérité en fait subjectif ou contestable. Qui transforme des individus à l'esprit fin en monstres d'égocentrisme et de certitude, puisque rien, jamais ou presque, ne résiste à leur volonté. Dans cet univers magique créé par le pouvoir, les limites sont sans cesse repoussées. D'ailleurs, les succès ne viennent-ils pas prouver la supériorité absolue de leurs réflexions et de leurs actions ? Dès lors, que valent les aspirations d'autrui face à une mécanique qui a su porter si haut ? Pour ces hommes-là, vouloir, c'est obtenir. Ainsi Henry avait conquis le cœur de Jeanne. Et, malgré toute sa lucidité, celle-ci s'était fait avoir puisqu'elle n'avait pas compris assez tôt que ce lien allait peu à peu éteindre une part d'elle-même.

Il arrive cependant que Jeanne esquisse le projet de le quitter. Chaque fois, Henry la laisse prendre le large. Il sait parfaitement qu'elle reviendra.

Elle embarque alors dans le premier avion. Peu importe la destination, seul compte l'éloignement. L'appareil s'élance sur la piste de décollage. La propulsion des réacteurs l'enfonce dans son siège. Elle sourit, ivre de se sentir libre. Tant pis si le poids qui s'allège n'est qu'une fuite. L'avion décolle. Elle regarde les maisons devenir de plus en plus petites et immatérielles. L'avion continue son ascension jusqu'à transpercer les nuages. À dix mille mètres d'altitude, le ciel est d'un bleu infini, débarrassé de toute salissure, comme aux origines, avant la présence des hommes. Tout redevient possible.

Quelques heures plus tard, Jeanne se perd dans des rues inconnues. Elle observe la tension des corps, la lassitude sur les visages, les espoirs déçus qui rétrécissent les regards. La solitude est partout la même. Chacun est soumis à cette désolation. Là, elle sait avoir atteint la vérité recherchée. Elle n'est qu'une parcelle d'humanité, un esprit volatile, poétique, concret de ses seuls souvenirs. De tous ses souvenirs : les rires, les émerveillements, les tendresses partagées, les instants de grâce quand la présence de l'autre modifie l'écoulement du temps et transforme l'espace en infini. Mais aussi les regrets, les années perdues, les blessures. Tous ces moments qui s'échappent comme le sable entre les doigts.

Le soir, elle appelle Mila. Elle lui décrit la vue de sa chambre d'hôtel : des villes géométriques où les lignes perpendiculaires se perdent en perspective, subitement traversées par un hurlement de sirène de voiture de police. Une foule grouillant au milieu d'une circulation automobile désordonnée. Une plage déserte à la tombée du soir. Un village silencieux… Elle lui raconte aussi les hommes assis en terrasse, posés là comme des statues de sel. Ou cette femme qui parcourt l'éternel trajet entre son travail et son logement, qui s'empresse sans joie, courant tel un hamster dans sa roue. Ou ces enfants penchés par-dessus la rambarde d'un pont pour regarder passer les trains en rêvant à des ailleurs inaccessibles.

Jeanne constate ce destin universel qui se moque des latitudes, des trompeuses singularités, de l'exotisme. Elle apprivoise ainsi le sentiment de n'être qu'une particule d'eau et d'air dans l'univers d'eau et d'air. Ses frustrations ou ses chagrins deviennent vapeur, rien de vraiment certain. Rien d'important. À peine un malaise passager.

Elle s'enfuit pour se rappeler qu'aucun privilège ne la protège. Pour accepter d'appartenir au monde comme appartient à la forêt une libellule ou une mousse d'écorce.

Alors, elle peut reprendre sa vie là où elle l'a laissée.

16

Depuis cette matinée de pluie dans le parc des Buttes-Chaumont, Mila l'a revu plusieurs fois. Contrairement au pervers de l'hôtel chic, cet homme-là ne constitue pas un danger. Il ne pose aucune question, n'exige rien d'elle. Il a aussi, comme qualité, de n'avoir rien de remarquable – elle le croiserait dans la rue, sans doute ne le reconnaîtrait-elle pas. Et il semble toujours disponible.

Elle n'a pas enregistré son numéro de téléphone sur son portable. Lorsque l'envie lui prend, il lui suffit de sortir la boîte d'allumettes rangée tout au fond du tiroir de sa table de nuit et de lui envoyer ce message, toujours le même : « Je peux venir. »

Lui répond : « Je vous attends. »

Chaque fois, il la prend dès qu'elle arrive chez lui. Sur le parquet de l'entrée, contre la porte, ou dans sa chambre. Pourtant, Mila est incapable de décrire l'endroit où il vit. D'instinct, il sent ce qu'il faut faire, le rythme qu'il doit adopter, rapide ou ralenti, là où doivent s'attarder ses caresses, le moment où il peut la retourner, quand il convient d'être doux ou brutal. Il a sur elle le pouvoir de la faire jouir. Et cette jouissance suffit. Mila n'éprouve aucune culpabilité. Ce plaisir-là n'a rien à voir avec celui qu'elle connaissait avant. Ce plaisir est une rage. Une force animale, égoïste, dénuée de la moindre tendresse. C'est l'oubli de tout. L'abandon d'elle-même jusqu'au vertige. Il s'agit de n'être plus qu'un corps sans conscience, pour quelques instants, le temps d'expulser sa colère – puisque colère et chagrin sont indissociables, de se soustraire à la lourdeur des jours. De retrouver peu à peu sa force.

Elle ne s'amuse plus à deviner s'il est chômeur, violoniste ou informaticien, comme lors de leur rencontre dans la grotte. Elle ne veut surtout pas savoir s'il a des enfants, s'il est heureux, s'il est seul par choix ou par perte. Elle ne veut pas savoir s'il s'appelle Jacques, Pablo ou William. Comme elle se moque de l'opinion qu'il peut avoir d'elle. Elle n'est pas là pour lui plaire.

Évidemment, elle préférerait le retrouver ailleurs que chez lui. C'est la seule de ses concessions. Quitter son appartement sans remarquer un livre abandonné sur une table, une photographie, un objet qui révélerait l'esquisse d'une identité ou qui pourrait éveiller sa curiosité reste délicat et l'oblige à la plus grande vigilance. Alors elle part toujours très rapidement, le regard baissé vers le sol comme le ferait une pénitente venue là pour expier une très grande faute. Tel est le prix de cette étrange fidélité.

17

Depuis que Mila a croisé Manuel, d'anciens souvenirs ressurgissent. Des lieux qui n'existent sans doute plus depuis longtemps, comme ce troquet du boulevard Malesherbes transformé depuis en supérette, où ils avaient passé tant d'après-midi et dont lui reviennent à présent l'odeur âcre de café, les allées et venues bruyantes des jeunes à la fin des cours, et la sensation d'y avoir perdu beaucoup de temps. La cour du lycée Carnot où elle avait échangé son premier baiser juste parce qu'elle était pressée de quitter ses quatorze ans. Un peu plus tard, les boîtes de nuit dans lesquelles elle observait l'excessive gaieté des garçons qui trompaient leur manque d'assurance en buvant trop, et les filles qui dansaient, tête renversée en arrière, ondulant comme si elles n'avaient jamais rien fait d'autre. Des visages du passé aussi. Et certains prénoms : Angélique, Didier, Arnaud, Emma… ou était-ce Éva ? Mila n'est plus sûre, mais elle se souvient avec certitude de cette jolie blonde qui flirtait avec tout le monde et qui avait disparu du jour au lendemain, personne n'avait su ce qui lui était arrivé.

Pourtant, ces flashs restent maintenus à une certaine distance, comme si cette vie n'était pas vraiment la sienne. Comme si elle ne l'avait pas réellement vécue. Ou si peu. Sa volonté de tendre vers l'avenir avait toujours été si forte que sa jeunesse avait mal résisté à l'usure du temps. Mila avait déployé toute son énergie pour surmonter la béance paternelle, pour se construire en dépit du secret. Puis elle avait dû apprivoiser une liberté acquise bien trop tôt qui l'avait confrontée aux amitiés trompeuses, aux paradis artificiels ou aux hommes étourdis par la chair intacte et fraîche des jeunes filles. Pendant des années, elle s'était protégée en inventant toutes sortes de stratagèmes. Elle avait appris à devenir transparente. Elle n'évoquait jamais le passé ni sa vie en général. Elle avait construit un barrage entre elle et le monde et se tenait hors d'atteinte en se conformant à l'idée que l'on pouvait se faire d'une fille de son âge. Une fille sans histoire. Secrète. Une fille qui pouvait sortir le soir sans avoir ses parents sur le dos. Une fille qui séchait les cours et aurait pu passer pour nonchalante. Une fille pour qui l'existence semblait légère. C'était si simple. Tous s'en tenaient à l'air boudeur et désuet que lui donnait son visage encadré d'une coupe à la Louise Brooks. Cela lui convenait. Cachée derrière sa frange, elle restait indifférente aux malentendus, aux confusions. Chacun pouvait bien croire à ce qu'il voulait. À l'arrogance. À la vacuité. À la facilité.

Du moment que ses peurs restaient secrètes.

Lorsqu'elle rencontra Manuel, il avait quinze ans, comme elle, des yeux ronds d'enfant, des gestes maladroits, la voix encore mal assurée. Mais lui la regarda autrement. Il ne se méprit pas. Il perçut derrière la façade du détachement l'imperceptible tremblement.

Manuel était l'opposé de Mila. Un père notaire. Une mère institutrice. Une petite sœur. Les vacances d'hiver à la montagne. Le mois d'août dans les Landes. Pour Manu, l'ennui jusqu'à la suffocation.

En arrivant en classe de seconde, il remarqua immédiatement Mila au dernier rang. Il vint s'asseoir à côté d'elle. Sa discrétion la distinguait des autres élèves. Les agitations ne la concernaient pas. Les heures semblaient couler sur elle. Lui l'observait, et d'emblée, elle lui fit l'effet d'un océan apparemment paisible sous la surface duquel circulaient des courants violents.

Leur premier contrôle de maths valut à Mila un 5 sur 20. Manuel proposa de l'aider à préparer le suivant. Elle accepta avec le sourire de celle qui consent à rendre service. Dès lors, ils ne se quittèrent plus.

Chaque lundi, Mila lui demandait de raconter son week-end. Il soupirait. Il ne comprenait pas l'intérêt. Elle insistait. Voulait tout savoir. Elle s'imaginait au petit déjeuner dans la famille avec Manu. Les différents pots de confiture disposés sur la table de la cuisine. L'odeur de pain grillé. La question de la mère, la même chaque matin : « Vous avez bien dormi, mes trésors ? » La réponse agacée du frère et de la sœur : « Oui, maman... ! » Le rituel poulet-frites du samedi midi. Le dimanche soir, le film auquel Manu échappait le plus souvent, prétextant des devoirs à faire. Son père alors qui disait : « C'est maintenant que tu t'y mets ? » Mais c'était surtout pour la forme. Manu n'avait jamais une note en dessous de 15.

Peu à peu, Mila commença à se laisser gagner par l'insouciance. Manu à ses côtés, elle pouvait baisser la garde. Éclater de rire sans craindre de se faire remarquer. Danser sans peur de ce qui allait surgir dans son dos. Manuel était là.

Leur relation irritait ou rendait perplexe. Certains pensaient qu'ils sortaient ensemble et qu'il était ridicule de s'en cacher. Entre eux, la question ne s'était pas posée. Parfois, après une soirée paisible, ou épuisés par une folle sortie, ils partageaient le même lit. Mais jamais la proximité des corps n'avait provoqué d'embarras. Aucun frôlement involontaire ne semblait les troubler. Ils pouvaient s'endormir les pieds entremêlés sous la couette. Manuel était son frère. Elle était sa sœur. Lorsqu'il reprochait à Mila sa paresse ou qu'elle se moquait de son excès d'assurance, certains pariaient que leur amitié ne tiendrait pas. Tous se trompaient. Depuis qu'ils se connaissaient, Manuel respirait plus amplement. Il entrevoyait un avenir moins étriqué. Moins prévisible. Un avenir où lui incombait de veiller sur Mila, ce qui n'était pas rien.

Les années passèrent. Manuel se révéla séducteur, chaleureux, joyeux, intelligent, jamais arrogant. Les filles sentaient qu'elles pouvaient tout lui confier, il les écoutait, et beaucoup lui tombaient dans les bras. Même les garçons le trouvaient sympathique. Il était invité partout.

Mila le suivait dans toutes les fêtes sans s'apercevoir qu'elle intimidait les hommes. Chaque fois qu'il le lui faisait remarquer, elle répondait par un haussement d'épaules.

Lorsqu'elle s'installa dans son premier studio, ils prirent l'habitude de s'y retrouver le dimanche soir. Elle l'accueillait en jogging, ils mangeaient n'importe quoi et se racontaient tout. Puis ils s'avachissaient sur le canapé et regardaient un vieux film.

Jusqu'au jour où Manu se volatilisa.

Mais c'était il y a si longtemps. Il n'est plus question de lui en vouloir. Sûrement le déçut-elle. Il y a tant de manières de décevoir en amitié. Une négligence, un silence qui blesse, un manquement, un égoïsme, un malentendu, un espoir resté en suspens. Un rien pour l'un qui dévaste l'autre.

Sans doute n'auront-ils plus jamais le degré d'intimité d'autrefois. Les années perdues ne se rattrapent pas. Ils ne sont plus tout à fait les mêmes. Ils ont aimé, ri, pleuré, et l'autre n'en a rien su. N'a rien partagé. Pourtant, Mila ressent un fourmillement. Quelque chose qui se remet à palpiter. Elle veut revoir Manuel pour retrouver les parties manquantes d'elle-même. Pour remettre sa vie dans une perspective objective.

Une vie dont Simon et Zoé n'occuperaient plus tout l'espace. Une vie plus riche, finalement. Sa vie tout entière.

Elle l'appelle. Tombe sur son répondeur. Laisse un message.

Puis elle allume son ordinateur. Et se met à écrire.

18

Ces trois derniers mois, elle a essayé de construire une réalité stable et rassurante autour de sa fille. Pour le reste, elle n'a été capable d'aucune concentration. Les jours se sont succédé comme si elle marchait sur des sables mouvants, chaque pas s'enfonçant dans la vase, chaque pas exigeant tous ses efforts. Sans Zoé, elle se serait perdue.

Désormais, elle oublie les heures qui passent, les courses, la pile de courrier qui s'amoncelle dans l'entrée, le linge qu'il faudrait mettre à sécher. Pendant qu'elle écrit, elle oublie même son chagrin et sa colère. Désormais, les mots emplissent tout l'espace. Ils se déversent en flots incontrôlables et entraînent Mila dans leur courant. Retenus trop longtemps, ils surgissent sans être sollicités. Dans la rue lorsqu'elle revient de l'école. Entre deux rayons du supermarché. Pendant qu'elle prépare le dîner. Au milieu d'une conversation avec Jeanne. Quand elle va s'endormir, l'obligeant à se relever pour ne pas laisser la nuit effacer ce souffle. Des images se bousculent dans sa tête. Les phrases la réveillent dans son sommeil. Ses mains se mettent alors à courir sur le clavier de l'ordinateur ou saisissent n'importe quel stylo, n'importe quel bout de papier. Dans l'urgence, elle note tout. Elle ne relit rien. Elle ne cherche pas à construire un récit. Elle ne réfléchit pas. Elle se laisse porter par l'humeur de l'instant. C'est inédit. Peu importe où l'exercice l'entraînera, il est une délivrance. Une énergie nouvelle qui circule. Mila retrouve la trace d'un chemin. D'une envie.

Les mots ont le pouvoir de l'eau. Ils purifient le corps et l'âme et ne laissent qu'une saine fatigue.

Jusque-là, elle avait toujours travaillé sur commande. Elle écrivait des scénarios pour les autres. Les histoires variaient en fonction des réalisateurs ou des producteurs. Ce qu'elle aimait, c'était s'évader avec ses personnages, s'abstraire de sa réalité comme un acteur se glisse dans un nouveau costume. Chaque jour, durant des heures, elle menait autant de vies parallèles en inventant cette femme au secret inavouable, en devenant cet homme qui cherchait son amour de jeunesse, ou ces enfants fugueurs qui parcouraient le pays avec l'insouciance de leurs dix ans. Quels que soient leur milieu social, leur âge ou leur sexe, la moindre de leurs pensées devenait sienne. Mila trouvait sa pleine liberté dans la distance qu'elle posait entre leurs destins et sa propre existence. Sans percevoir que cette habitude d'évitement remontait à bien avant l'écriture.

Lorsque sa mère, poussée par Jeanne, avait fini par lui parler de son père et de sa disparition, Mila avait aussitôt perçu le risque de l'apitoiement. Du haut de ses sept ans, elle en avait éprouvé un dégoût tout aussi immédiat. Confesser ce suicide faisait d'elle une orpheline pleurant sur son sort. Une fille à plaindre qu'il aurait fallu consoler. Mais il suffisait de taire le deuil, la solitude ou la tristesse, de faire comme si rien n'avait jamais existé pour échapper à la pitié. Ce recours à la pensée magique avait formé son caractère et entraîné toutes sortes de malentendus. Elle s'en moquait. Elle préférait passer pour une enfant discrète.

Pourtant, derrière cette hantise du déballage se cachait une raison plus obscure, plus impérieuse aussi. En apprenant que son père s'était tué, Mila avait intuitivement compris combien les mots réduisent tout. « La mer est bleue » ne dit pas l'intensité du bleu, encore moins si l'eau est lisse ou houleuse, tiède ou glaciale, si les courants y sont puissants, les fonds peuplés de créatures hostiles. De même, « mon père est mort » vidait l'événement de sa substance. Or, le concernant, ce suicide restait la seule certitude à laquelle Mila pouvait s'accrocher. Elle y tenait donc de toutes ses forces. Ce fait ne pouvait pas devenir un sujet de conversation et Mila ne devait pas perdre en bavardage cet unique fil qui l'unissait à son père. Qui parlait de lui. Et qui parlait d'elle. Il y a toujours quelque chose d'étriqué dans la narration d'un séisme. Une impossibilité à en faire sentir le retentissement dans ses moindres dimensions. Comme était inconcevable et énigmatique la trajectoire de cette balle de plomb propulsée à 1 300 mètres par seconde dans le canon du fusil, passant de la bouche froide et dure de l'arme à celle de l'homme, traversant son palais, ses sinus, sa boîte crânienne et son cerveau, puis filant encore dans la pénombre du parking où continue de résonner la détonation, et terminant sa course contre le mur de béton. Évoquer cette balle n'exprimerait jamais la variation invisible de l'air qui empêchait Mila de respirer pleinement, ni l'imperceptible vibration du sol qui rendait instable chacun de ses pas.

Ainsi Mila resterait un paradoxe. À la fois forte et vulnérable. Une guerrière campée sur un secret. Dans son entourage, seuls Simon, Jeanne et Manuel savaient le chemin parcouru et l'énergie dépensée pour paraître assurée.

Aujourd'hui, le qualificatif de veuve lui semble aussi irrecevable qu'autrefois celui d'orpheline. Et dire que Simon n'est plus là ne parle pas davantage de la difficulté à garder l'équilibre, ni du manque pour lequel il faudrait inventer un nouveau vocable, ni de cette solitude tout au fond du ventre que personne n'aura le pouvoir de rompre totalement, ni de l'effroi à la pensée qu'un jour, sans doute, elle en aimera un autre – et peu importe si rien n'est jamais semblable, si les amours nouvelles n'ont pas le pouvoir d'effacer les anciennes, l'idée reste insoutenable.

Mais cela ne l'empêche plus d'écrire. Elle ne se débat plus. Ne se cache plus, n'esquive plus rien. Au contraire, elle plonge en elle-même et se laisse flotter au gré de ses émotions.

Elle est arrivée au point où l'impudeur lui est devenue égale.

En la voyant s'activer sur son ordinateur, Jeanne demande :

« Tu reprends ta série ?

— La production s'est débrouillée sans moi pour les derniers épisodes. Ça tombe bien, la chaîne voulait finalement un happy end.

— Alors tu écris pour toi ? »

Mila sourit. Simon l'avait si souvent exhortée à affronter des sujets personnels.

« Lâche-toi, lui répétait-il. De quoi as-tu peur ?

— De rien », mentait-elle.

À présent, elle voudrait pouvoir lui raconter cette énergie qui circule, les mots qui s'échappent et fusent, vers quoi, elle l'ignore, mais c'est étourdissant. Elle voudrait partager avec lui cette liberté nouvelle. Elle voudrait aussi ne pas culpabiliser. Il va pourtant falloir s'habituer à avancer sans lui, à accepter de s'affranchir de son regard, de son avis, à découvrir sa capacité à être autonome, à accomplir des rêves encore inimaginables. Jamais ce sentiment n'a été aussi saillant : Simon est mort, elle est vivante, ils se trouvent dans des galaxies que des années-lumière séparent.

L'écriture renvoie Mila à ses vingt et un ans. Une amie de sa mère cherchait quelqu'un pour tenir une librairie chaque samedi. Mila avait sauté sur l'occasion.

Elle avait croisé quelques minutes Mme Plisson, qui lui avait aussitôt confié les clés du Bar à livres. Avec ses ongles vernis de rouge, ses cheveux fixés par la laque et son tailleur ajusté, la femme semblait échappée des années soixante. Elle avait expliqué, comme s'il s'agissait d'une mission de défense du territoire national, qu'elle partait tous les week-ends dans sa maison de la côte normande avec son mari et ses enfants. Mais elle proposait un salaire inespéré pour passer une journée par semaine à vendre des livres, salaire qui permettrait à Mila de louer un minuscule studio.

Aucun client ou presque ne poussait la porte de la boutique perdue dans une petite rue du 16e arrondissement. Mila restait des heures à lire. Sa solitude se peuplait des mondes confinés au cœur des pages. Elle devinait la présence d'une foule grouillante de personnages qui attendaient, couchés sur le papier, prêts à livrer leurs secrets, à se déployer, à s'animer pour d'hypothétiques lecteurs, et auxquels, pour la plupart, nul ne s'intéresserait jamais. À part une poignée de best-sellers et quelques romans cerclés du bandeau rouge signalant un prix littéraire, la majorité des ouvrages qui s'entassaient sur les présentoirs resteraient dans l'oubli. Tout juste avaient-ils le temps de prendre la poussière avant d'être renvoyés à l'éditeur. Mila pensait au travail solitaire, aux mois, aux années qu'il avait fallu pour donner vie à ces aventures. Elle imaginait les tourments traversés, les jours de doute ou de découragement. Et puis au bout, enfin, à force de rigueur et d'efforts, la sensation d'avoir capturé quelque chose, comme un papillon rare. Un cri lancé dans l'espace. Mila lisait tout ce qu'elle pouvait. D'une semaine à l'autre, elle devait souvent faire un effort pour se rappeler ce qu'elle avait lu. Peu de textes laissaient une trace durable. Mais toutes ces lectures lui avaient donné le goût des mots et l'envie de raconter des histoires. Elle s'était mise à rédiger des nouvelles. Bientôt elle avait écrit son premier scénario, rassurée à l'idée qu'elle disparaîtrait derrière la mise en scène du réalisateur et le jeu des acteurs. L'exposition n'avait rien à voir avec celle de l'écrivain.

Maintenant, elle repense à tous ces livres dévorés dans la petite librairie et se sent moins frileuse. Elle ne redoute plus l'impudeur ni la possibilité de l'échec. Peu importe ce que deviendront ces pages. Mila jette les mots en l'air et découvre avec excitation où ils retombent. Il y a une mère et sa fille. Sans attaches, légères, deux plumes. Il y a la route devant elles. L'aventure jour après jour. Des rencontres. Des paysages qui changent en haut d'une butte. Des silences et des sourires. Des sanglots, parfois. Des éclats de rire, aussi, à en avoir mal au ventre. Des fatigues et des découragements. Des nuits à la belle étoile, d'autres sans lune. Des lits d'herbe et de mousse. L'odeur de terre mouillée. Leurs jambes qui s'affermissent. Leurs cœurs qui battent. Mila voit chaque sous-bois. Chaque village. Les molosses qui aboient à leur passage et courent furieusement le long des barrières, babines frémissantes. Les regards des vieux derrière les rideaux. Les chats qui rasent les murs des ruelles. Les villes où elles se tiennent la main plus fort pour ne pas se perdre et d'où elles s'enfuient, le souffle court. La campagne qui offre des fruits sauvages. Le temps qui change. L'air du soir qui fraîchit et leurs corps blottis l'un contre l'autre pour se tenir chaud. Les nuages qui soudain s'évaporent et libèrent l'éclat du soleil. Les feuilles qui commencent à tomber. Des souvenirs qui passent comme une brise. Un couple de fermiers qui les accueille quelques jours comme il ferait avec des chiens errants : une couche, quelques repas, de l'eau fraîche.

19

« J'ai quelque chose pour vous. »

À la fin de la séance de méditation, l'aveugle enfile son imperméable, fouille dans la poche et sort une petite fiole.

« Quelques notes d'herbes coupées et de fleurs d'été. Une eau fraîche composée pour une jeune femme secrète et solaire.

— Solaire ?

— L'autre fois, sur le trottoir, vous avez eu ce rire... »

Il termine sa phrase en laissant sa main s'envoler vers le ciel.

« Je vous remercie. Mais c'est embarrassant, non ?

— Je ne crois pas.

— Vous avez le temps de prendre un verre ? »

Ils remontent vers la place et s'asseyent à la terrasse du café face au soleil.

« Je n'étais pas sûr de vous croiser à nouveau.

— Moi non plus, pour être franche. Avez-vous retrouvé d'autres couleurs ?

— Le jaune ! Après notre conversation, ici même. Et avec lui, toutes sortes d'associations qui avaient disparu, dont celle qui se trouve dans ce flacon. Et vous ? Comment allez-vous ?

— Bien ! Je vais bien. »

L'entrain avec lequel elle vient de répondre lui semble soudain incongru. Pourtant, il y a bien des moments doux. Il y a les visites de musées avec Jeanne qui découvre avec gourmandise chaque nouvelle exposition. Comme autrefois, l'ancienne conservatrice passe d'une œuvre à l'autre, explique à sa nièce l'influence de l'artiste dans l'histoire de l'art, attire son attention sur un détail, puis l'entraîne revoir les collections permanentes. Il y a chaque éclat de rire de Zoé. Ou les matins sans école quand celle-ci vient se glisser délicatement dans son lit. Mila sent les draps se soulever, le corps qui se blottit contre le sien, mais elle fait semblant de continuer à dormir pour profiter de cette odeur de miel d'enfant qui a transpiré pendant la nuit. Zoé ne résiste jamais longtemps avant de lui caresser la joue. Mila émet alors un léger grognement, signal qui autorise la fillette à lui sauter dessus. Et puis il y a le retour de l'écriture et ces fulgurances lorsque les mots s'assemblent comme par magie. Mila n'y peut rien, personne n'y peut rien, mais, comme à cet instant où elle dépose sur son poignet deux gouttes de parfum et retrouve un peu celui que Jeanne portait jadis, elle entrevoit par fragment l'éclat éblouissant du jour.

« Ça vous plaît ? »

La question tombe comme si l'homme avait surpris son geste. Est-il possible qu'il ait perçu le déplacement de l'air ?

« Beaucoup. Vraiment. »

Il lui donne sa carte de visite.

« Pour que vous puissiez passer commande quand vous n'en aurez plus. »

Elle lit la carte et la glisse dans sa poche.

« Merci, Olivier. Mais je risque de vous déranger !

— C'est fait pour.

— Je m'appelle Mila.

— Enchanté, Mila. Mais évitez les textos, tant qu'à faire, précise-t-il avec un sourire. Finalement, ce stage de méditation n'aura pas été tout à fait inutile ! »

Il plaisante. Mais s'il savait. Mila repense à ce presque rien qui s'est produit quelques minutes plus tôt, pendant la séance. Les yeux fermés, elle attendait avec ennui le tintement de la cloche, quand un détail a surgi. Un détail bouleversant, mais qu'elle avait totalement oublié. Comment l'amnésie avait-elle pu attaquer sa mémoire si profondément ? Elle ne se l'explique pas. Il s'agissait d'une fossette, imprévisible, mystérieuse, unilatérale. Lorsqu'il souriait, une concavité de la taille d'un haricot blanc creusait la joue droite de Simon. Elle éclairait aussitôt son visage, le transfigurait. Chaque fois, Mila s'y plongeait avec délice. Puis la fossette s'effaçait. Rien alors ne laissait supposer son existence. Cette anomalie qui apparaissait fugitivement avait une valeur de secret. C'était une fossette qui se méritait.

« Aujourd'hui, je viens de retrouver un sourire.

— Un sourire ! C'est précieux.

— Oui.

— Il faut être patient avec la mémoire comme avec un animal farouche qu'on cherche à apprivoiser. Avec persévérance, sans jamais s'affoler ni perdre espoir, un pas en avant, trois en arrière, agile, respectant le sens du vent, le regard ailleurs, dégagé, comme si on avait tout son temps, comme s'il n'y avait rien à perdre. »

Il lui semble qu'elle pourrait tout raconter à cet homme qu'elle connaît à peine. Qu'elle pourrait confesser sa rage d'avoir perdu l'âme du visage de Simon, et tout le reste. Qu'ils se comprennent. Ils connaissent le même désarroi pour avoir laissé s'évaporer leurs plus inestimables souvenirs. Et puis elle aime son histoire. Sa délicatesse, aussi. Sa dignité. Sa façon d'aller mine de rien à l'essentiel et de respecter ses silences.

« À part suivre des inconnus dans les cafés, que faites-vous, Mila ?

— Je suis scénariste.

— Je ne vous demanderai pas ce que j'ai manqué, n'est-ce pas ! Jeune, j'adorais aller au cinéma.

— J'ai une fille de cinq ans et demi. Et son père vient de mourir. »

Olivier prend le temps de digérer l'information. Ou peut-être la laisse-t-il reprendre son souffle même si les mots affluent tout seuls.

« J'aimais cet homme. Je veux dire, on peut avoir un coup de foudre pour quelqu'un dont on ne voudrait pas comme ami. Mais Simon, je l'aimais au-delà du sentiment amoureux. J'aimais ses défauts autant que ses qualités. En ce qui concernait l'éducation de notre fille, c'était toujours moi qui devais poser les règles et marquer les limites. Lui était prêt à tout lui passer alors que dans son travail – il produisait des films –, il ne manquait pas d'autorité. Il était connu pour tout contrôler jusqu'aux moindres détails. Il était capable de perdre deux jours de tournage pour attendre que la lune soit pleine ou pour retourner toute une scène dont il n'était pas satisfait. Dans le métier, certains le trouvaient psychorigide, d'autres perfectionniste. Mais il était porté par une véritable passion. Il voyait tout ce qui sortait et connaissait l'histoire du cinéma comme personne. Ça le rendait exigeant, en effet... Il était secret et solitaire. Les mondanités étaient pour lui un mal nécessaire. Ses soirées préférées étaient celles que nous passions à deux. Il n'accordait pas facilement son amitié... Et je n'ai jamais connu quelqu'un d'aussi distrait. Ses départs étaient presque toujours des faux départs. Lorsqu'il quittait l'appartement, je pouvais être certaine d'entendre sa clé tourner dans la serrure trois minutes plus tard – il avait oublié son portefeuille, son portable, n'importe quoi... Il en profitait pour venir m'embrasser encore une fois. Je me demandais même s'il ne le faisait pas exprès... Et puis, il adorait me surprendre. À la naissance de notre fille – j'étais encore à la maternité –, un soir après sa journée de travail, il a débarqué dans la chambre vêtu d'une grande cape et d'un haut-de-forme. Et d'un coup de baguette magique, il a fait sortir un lapin de son chapeau. L'infirmière est entrée dans la chambre au moment où il essayait de rattraper l'animal terrorisé qui s'était réfugié sous le lit. Pendant qu'elle les mettait dehors tous les deux, il lui a répondu que sa femme venait de donner naissance à l'être le plus inouï de la Terre, lui pouvait bien faire apparaître un malheureux lapin pour fêter l'événement.

— Ce n'est pas si mal pour quelqu'un qui ne se souvient plus.

— L'autre jour, vous avez utilisé une expression. Vous avez parlé d'exacte vibration. C'est l'exacte vibration de sa présence que j'ai perdue. »

20

Aujourd'hui, dès qu'elle arrive chez lui, il l'attire sans un mot dans la chambre. L'espace d'une seconde, elle croit percevoir une hésitation. Est-il fatigué ? Contrarié ? Pourtant, comme à leur habitude, le jeu démarre. Très lentement, l'amant des Buttes-Chaumont commence à la déshabiller. Il enlève d'abord sa jupe, son pull. Il prend le temps de l'observer. Il lui laisse sa culotte, son soutien-gorge et ses bottes. Il la pousse doucement sur le lit. Étendue et offerte, elle attend, immobile ou presque. Cela dure longtemps. Avec délicatesse, il retire les deux minuscules bouts de tissu restants, puis la déchausse. Son regard remonte de ses chevilles vers son visage. Mila surprend alors une expression qu'elle ne lui connaît pas. Il semble traversé par une pudeur, comme si sa nudité devenait soudain inconvenante. Mila ferme les yeux pour ne pas voir l'embarras qui amollit son visage. Agacée, elle tourne la tête et l'enfouit dans l'oreiller. Il pose enfin les mains sur elle et, à sa façon de la caresser, elle sent rapidement qu'il se laisse gagner par le désir. Elle peut rouvrir les yeux. Comme chaque fois, elle va perdre le contrôle. Elle est venue pour cela.

Elle remet ses sous-vêtements. Regarde l'heure, presque midi. Jeanne déjeune avec une amie et ne rentrera que dans l'après-midi. Mais Mila doit faire des courses. Elle a promis à Zoé un gratin de macaronis pour le dîner.

« Je ne sais rien de vous, dit-il en ceinturant son peignoir.

— Moi non plus.

— Justement. Nous pourrions dîner ensemble un soir ? Faire connaissance, si j'ose dire ! » Il lâche un petit rire.

Et continue :

« C'est la septième fois que nous nous voyons et je ne connais que votre numéro de téléphone et votre prénom, en admettant que vous vous appeliez vraiment Mila... »

Elle enfile sa jupe. Pourquoi y a-t-il autant de pressions ? Elle se casse un ongle en les refermant à la hâte.

« J'adore nos rendez-vous, mais j'ai envie de davantage... »

Sans un mot, elle passe son pull.

« J'ignore pourquoi... Vous me bouleversez. »

Il se croit bouleversé, l'imbécile, mais par quoi ? Il ne connaît que son prénom, ce qui est déjà bien trop. Elle ne lui a jamais rien promis. Jamais rien demandé. Cette esquisse d'attachement est obscène, ce vouvoiement inconvenant. De quel droit s'autorise-t-il à vouloir plus ? Quand ils baisent, ils utilisent un langage strictement sexuel. Il la tutoie, et Mila s'adresse à lui en usant du même vocabulaire pornographique et anonyme. Cette vulgarité ne la choque pas. Au contraire, elle rend les gestes et le plaisir possibles.

À la recherche de ses bottes, elle soulève les draps qui jonchent le sol, écarte les rideaux, s'énerve. Où sont-elles passées ? Lui ne la quitte pas des yeux, immobile, adossé au chambranle de la porte. Elle ne veut plus rien entendre, ne plus subir son regard, ne plus sentir son odeur, elle partira pieds nus s'il le faut. Elle fait un dernier tour de la pièce, vérifie derrière le fauteuil, sous le lit. Ses bottes ont glissé sous la commode. Elle les enfile. Remonte d'un geste vif la fermeture éclair qui court à l'arrière de la tige de cuir. Attrape son sac au vol. Quitte la chambre, se presse vers l'entrée. Claque la porte derrière elle. Dévale l'escalier comme si elle venait d'apercevoir le diable. Mais le diable, c'est elle. Ou plus exactement, c'est cette frénésie sexuelle à laquelle elle se livre depuis la mort de Simon. C'est cet affrontement entre une pulsion de vie et un besoin d'oublier jusqu'à son propre nom, aussi essentiel et dérisoire que quelques gouttes d'eau au milieu du désert. Maintenant le sexe l'abîme. C'est une révélation. Son corps est redevenu le sien. Elle ne supporte plus de voir son corps offert, partagé. Le dégoût d'elle-même est à la hauteur de cette réappropriation.

Enfin, elle arrive à l'air libre. Elle prend une grande inspiration et se mêle aux passants. Elle veut mettre la plus grande distance entre la chambre et elle. Elle veut chasser de sa mémoire l'homme au regard de chien fidèle et son écœurant désir d'affection. Elle pense que plus jamais elle ne couchera avec un homme. Ou alors, peut-être, puisqu'elle est vivante malgré tout, dans un futur encore inimaginable, dans un autre siècle, une autre existence – et encore, ce n'est pas certain. Elle s'apprête à traverser la rue quand arrive une moto qu'elle n'a pas vue. Elle a juste le temps de l'éviter en reculant entre deux voitures garées le long du trottoir. C'est seulement à cet instant qu'elle ressent la douleur. Une douleur si vive que les larmes lui montent aux yeux. Dans sa précipitation à s'enfuir, en fermant le zip de ses bottes, elle s'est pris la peau du mollet entre les dents métalliques.

21

Aurélien a choisi un restaurant où Mila n'est jamais venue. Déjà installé, il l'accueille avec un grand sourire. Ils ne se sont pas revus depuis des mois, depuis le jour où il était passé pour emmener Zoé en week-end et était reparti bredouille. Malgré tout, Aurélien avait continué à lui envoyer des messages qui n'appelaient aucune réponse. Elle avait apprécié cette présence discrète. Aujourd'hui, c'est elle qui l'a appelé et lui a proposé ce déjeuner. Dès qu'elle l'aperçoit elle mesure son plaisir de le retrouver. Il a perdu du poids, et ce changement a emporté l'impression d'indolence sous laquelle se cachait son tempérament tenace et déterminé. Ses nouvelles responsabilités lui vont bien, pense-t-elle. C'est lui désormais qui dirige la maison de production selon le souhait de Simon.

« Tu es superbe ! » le complimente-t-elle en s'asseyant.

Lui ne commente pas l'amaigrissement de Mila. Elle s'alimente pourtant à nouveau à peu près normalement. Mais son métabolisme semble s'être modifié et les formes d'avant ne reviennent pas.

« Je fais attention, mais c'est surtout le boulot. Beaucoup de choses à gérer et le stress qui va avec, tu connais. D'ailleurs, je pensais à toi. Je prépare un film qui mérite un gros travail de réécriture. Tu pourrais y jeter un œil ? Tu as un peu de temps ?

— Oui », répond-elle.

Du temps, elle n'a même que cela. Et le besoin de reprendre une activité, autant pour renouer avec le fil de son existence que pour des raisons purement matérielles.

Aurélien était arrivé dans la société neuf ans plus tôt comme simple assistant. Simon n'avait pas tardé à repérer derrière le regard ombrageux et nonchalant du jeune homme une envie pour le cinéma à la hauteur de ses attentes. Dès lors, il l'avait pris sous son aile, et plus il lui confiait de responsabilités, plus se révélaient les compétences d'Aurélien. En peu de temps, celui-ci était ainsi devenu le directeur de production à qui

Simon confiait ses longs métrages les plus délicats. Simon décidait ce qu'il produisait, choisissait les réalisateurs, intervenait sur l'écriture des scénarios, trouvait les financements, discutait de la distribution, s'assurait à toutes les étapes que l'esprit du projet était respecté, et s'occupait de la promotion. De son côté, Aurélien suivait au jour le jour le tournage et la postproduction. Il ne lâchait jamais rien. Il devançait les désirs de Simon comme il devinait ce qui lui déplairait. Malgré son exigence et sa rigueur, tout le monde l'adorait. Il respectait chacun à égalité, de l'acteur principal au stagiaire, ne manquait pas de petites attentions et connaissait tous les secrets. Au moindre problème, tous allaient le voir. Calme, concentré, il semblait pouvoir tout régler. En réalité, Aurélien était un grand anxieux hanté par la peur de mal faire ou d'échouer. Mais il absorbait les difficultés et les transformait en énergie et solutions. Seul son regard dans lequel se reflétait le poids du monde trahissait les forces antagonistes qui s'exerçaient en lui. Auprès des équipes, Simon impressionnait davantage. Leurs quinze années d'écart, leurs statuts – producteur souvent récompensé pour l'un, employé pour l'autre –, le mètre quatre-vingt-cinq de Simon, la rondeur chiffonnée d'Aurélien : entre eux, le partage des rôles était parfait. Mais au-delà de cette complémentarité, l'amitié née de leurs années de collaboration et de confiance rendait le tandem d'une efficacité remarquable.

Si les deux hommes semblaient à leur place sur les plateaux, Mila avait toujours peur de déranger, d'encombrer, d'être dans les pieds des techniciens ou le champ de vision des comédiens au moment où la caméra tournait. Elle était étourdie par l'effervescence qui y régnait. Même lorsque tout se passait bien, la tension restait palpable. Parfois, la mauvaise humeur matinale du metteur en scène se répandait comme la peste sur l'ensemble de l'équipe. La susceptibilité de certaines vedettes pouvait se nicher dans des détails tels que le temps accordé par la maquilleuse à un partenaire. Il fallait alors déployer des trésors de diplomatie pour ne pas perdre de précieuses minutes. Les assistants s'inquiétaient de la météo à venir, les jours de pluie les obligeant à modifier l'intégralité du plan de travail. Sans parler des dépassements qui mettaient tout le monde à cran. Quand elle quittait les lieux, Mila sentait son cœur battre plus fort. Toute cette énergie, cette fébrilité, cette apparence de désordre à laquelle il ne fallait surtout pas se fier, le talent et les compétences de chacun réunis pour mettre en images un rêve, il y avait là quelque chose de dérisoire mais de follement excitant. D'une certaine façon, Simon était un magicien : il avait ce pouvoir de faire surgir des histoires du néant. Elle imaginait le sentiment d'ivresse qui devait parfois le traverser ; même si les efforts et les moyens mis en œuvre l'empêchaient bien souvent de trouver le sommeil. Seule face à ses scénarios, Mila n'était soumise à aucune de ces difficultés, de ces tensions, à aucun empêchement. C'était simple. Elle décidait de tout, construisait son récit selon son désir, pliait ses personnages à tous ses fantasmes. Dans sa tête, elle construisait le film parfait, celui que personne ne verrait jamais. Elle s'amusait beaucoup. Pourtant, l'envie de réaliser n'était jamais loin.

Durant le déjeuner, Aurélien lui raconte le huis clos décalé et provocant qu'il s'apprête à produire. Le jeune metteur en scène est talentueux, lui explique-t-il, mais son scénario est confus ; il le fera déposer chez elle dans l'après-midi. Comme toujours, et plus encore maintenant qu'il est seul responsable, Mila sent qu'il doit y penser nuit et jour. Pendant des mois, jusqu'à la sortie en salle, il va accompagner le réalisateur à chaque phase, sans relâche.

Elle l'écoute et pense au texte qu'elle écrit et dont elle ne compte pas lui parler encore. Mais celui-là, elle sait que personne ne le réalisera à sa place.

« On s'est séparés, Juliette et moi.

— Oh !

— Depuis le temps, ça devait arriver. Maintenant, c'est plus clair. Même Hugo va mieux. Il est plus calme. »

Sa vie privée était un champ de bataille. Sa relation avec Juliette avait toujours été houleuse et désaccordée. Lui arrondissait les angles et acceptait l'inacceptable. Elle était hystérique et semblait en permanence insatisfaite. Les rares moments d'accalmie étaient ceux où il voulait rompre. Elle s'adoucissait brusquement, mais la parenthèse était toujours de courte durée et les crises reprenaient de plus belle. Même la naissance de leur fils n'avait rien apaisé.

« Qu'est-ce qui s'est passé ?

— Rien de plus que d'habitude, je serais tenté de dire. Mais la disparition de Simon nous a tous chamboulés. Est-ce que ça a été un détonateur ? Elle est partie deux jours après l'enterrement. »

Mila met une seconde à intégrer l'information et surmonter son malaise. L'enchaînement entre la mort de Simon et leur rupture n'a rien de logique, sauf à confirmer les sentiments plus qu'ambigus de Juliette.

Mila avait rencontré Simon grâce au premier scénario qu'elle avait écrit. *L'Exil intérieur* était l'histoire d'une jeune femme enfermée dans une pièce qui s'évadait mentalement en s'inventant toutes sortes d'existences. Sans doute l'idée était-elle née alors qu'elle passait ses journées seule dans la librairie de Mme Plisson à lire des romans. Une fois le texte achevé, elle l'avait fait lire à Jeanne qui l'avait poussée à l'envoyer à plusieurs producteurs, dont Simon que le texte emballa. Le rôle principal fut confié à Juliette Sorière. À l'époque, elle faisait partie des comédiennes sur lesquelles se montait un projet. Mila la voyait lorsqu'elle allait sur le plateau. L'actrice l'accueillait toujours avec un enthousiasme débordant. Il est vrai qu'elle mettait de l'excès dans ses amabilités comme dans ses rancœurs :

« Voici ma géniale scénariste ! Ton héroïne, quel cadeau ! Tu dois absolument réaliser ton propre film, avec un rôle pour moi, bien sûr, et Simon le produira. »

Elle disait cela comme s'il lui suffisait de vouloir pour que Simon s'exécute. Lui faisait comme s'il n'entendait pas. Pendant que le réalisateur et les techniciens préparaient le prochain plan, elle venait s'asseoir tout près de lui pour chuchoter à son oreille quelques confidences. Elle riait. Battait des cils. Effleurait sa main. Simon se levait comme appelé par une urgence et rejoignait les membres de l'équipe. Dans l'intérêt du film, il ménageait sa vedette dont les colères étaient réputées dans le métier. Il opposait à ses tentatives de séduction une courtoisie professionnelle subtilement mesurée. Peu habituée à rencontrer pareille résistance, elle s'obstinait. Mais plus Simon demeurait indifférent à ses avances, plus ce jeu tournait à l'obsession. À la fin du tournage, elle ne renonça pas. Tous les prétextes étaient bons pour maintenir le contact, et Juliette ne manquait pas d'imagination : elle s'était tellement investie dans le projet, pouvait-elle le rejoindre en salle de montage ? Que pensait-il du montant du cachet qu'on lui proposait pour son prochain film ? Elle aimerait en discuter avec lui. Pouvait-il intervenir pour organiser une rencontre avec tel metteur en scène ? Était-il libre ce soir ? Elle avait un roman à lui faire lire.

Un jour, elle passa à l'improviste au bureau. Simon glissa une allusion à la relation qui commençait avec Mila. Elle eut un rire sec. Presque un hoquet d'effroi. Elle tourna aussitôt les talons et lança en passant le seuil de la pièce : « Formidable ! »

Une semaine plus tard, il reçut un appel téléphonique : Mlle Sorière avait été admise aux urgences dans la nuit pour y subir un lavage d'estomac. Elle restait extrêmement fatiguée mais était maintenant hors de danger. Pouvait-il venir la chercher ?

Étonné d'être contacté, Simon répondit qu'elle avait des parents et un frère, et que leurs liens étaient strictement professionnels. Par réflexe, il demanda dans quel hôpital elle se trouvait. La communication s'interrompit brutalement.

Trois jours après, il l'aperçut par hasard dans un restaurant. Elle riait avec des amies autour d'un plateau de fruits de mer. Animé d'une rage froide, Simon se dirigea vers leur table et lui suggéra de s'assurer de la fraîcheur des huîtres. Les copines lui jetèrent des regards noirs. La comédienne l'ignora, parfaite dans le rôle de la femme outragée.

Après cet épisode, il n'entendit plus parler d'elle.

Jusqu'au jour où, un an plus tard, elle fit la connaissance d'Aurélien qui avait rejoint la maison de production et jeta son dévolu sur lui. Elle passait parfois au bureau pour embrasser son nouveau compagnon. Mais elle n'affichait plus envers Simon qu'indifférence. À peine pouvait-on imaginer qu'ils avaient travaillé ensemble, et encore moins qu'elle l'avait poursuivi de ses assiduités pendant des mois. Ils dînaient parfois tous les quatre, et les relations semblaient normales. Tout le monde jouait l'apaisement. Seul Aurélien ignorait le comportement que Juliette avait eu auparavant. Quant à la comédienne, telle une adolescente surexcitée, elle s'agrippait au bras d'Aurélien, à son cou, à sa taille, sans parvenir à contenir des éclairs d'exaspération qui venaient contredire ces démonstrations amoureuses. Elle était capable d'un ricanement quand il commandait un dessert. Et lorsque Simon s'adressait à elle, Juliette feignait souvent de ne pas l'entendre. Il souriait, l'air de dire : « C'est normal, c'est une actrice ! » Pourtant, Mila surprenait certains de ses coups d'œil fiévreux vers Simon, des coups d'œil si furtifs qu'elle aurait presque pu douter de leur réalité, mais dans lesquels elle captait une folie noire. Il y avait aussi ces réactions déplacées. Lorsque Juliette tomba enceinte, cinq mois après Mila, elle appela Simon avant même de prévenir son compagnon pour lui annoncer que leurs enfants seraient presque jumeaux et qu'ils pourraient désormais passer leurs vacances tous les six.

Mais pour l'instant, Mila écarte les pensées troubles qui se bousculent dans son esprit. Elle préfère voir l'enchaînement entre la mort de Simon et le départ de Juliette comme une coïncidence. Elle veut profiter des retrouvailles avec Aurélien.

« Viens à la maison avec Hugo dimanche. Zoé sera contente de passer l'après-midi avec lui. Ça fait longtemps que les enfants ne se sont pas vus.

– Hugo est chez sa mère cette semaine, mais nous passons le week-end prochain à la campagne. On vous emmène.

– Pas cette fois. Ma tante est avec nous.

– De toute façon, tu m'appelles quand tu as lu *Mauvais bien*.

– *Mauvais bien* ?

– Le scénario de mon Belge déjanté. »

22

Zoé dort déjà, et les deux femmes achèvent de dîner dans la cuisine quand on sonne à la porte. Mila va ouvrir et tombe sur un impressionnant bouquet de fleurs.

« *It's me !* »

La tête de Henry apparaît.

« Quelle surprise ! Entre ! »

Elle se tourne et appelle sa tante. L'homme est de ceux qui paraissent plus grands qu'ils ne le sont et autour desquels l'air vibre différemment. Ils ont une aura indéfinissable qui met aussitôt les sens en alerte. Leur présence provoque une inquiétude diffuse ou une séduction immédiate. Ils ne sont pourtant pas plus forts que les autres. Mais ils possèdent une saisissante confiance en eux. Ils se sentent puissants. Et cette puissance ruisselle sur eux comme un élixir.

Mila recule pour le laisser entrer et se cogne dans Jeanne qui déboule.

« Je ne te savais pas à Paris ! s'étonne sa femme.

— Je voulais te faire la surprise, *darling* ! Mais les fleurs sont pour toi, Mila. Habillez-vous ! Je vous emmène dîner. J'ai réservé une table en ville.

— Je ne peux pas laisser Zoé toute seule.

— Quel dommage ! »

La délicatesse de Henry est toujours calculée, millimétrée, réfléchie. Ainsi l'encombrant bouquet de fleurs avec lequel il vient de débarquer et dont Mila ne sait quoi faire. Elle n'a pas de vase assez grand.

« Qu'est-ce que je te sers ? Un verre de bordeaux ?

— Non merci. Le restaurant nous attend. Jeanne, tu es prête ? Quand est-ce que tu viens nous voir à Londres, Mila ? Avec la petite, bien sûr. Ça fait une éternité. »

Mila s'est toujours sentie mal à l'aise dans leur maison de Kensington. Au milieu des meubles en acajou vernis d'époque victorienne sur lesquels personne n'ose rien poser, des banquettes capitonnées de soie offrant toutes les déclinaisons d'inconfort, des peintures de campagne anglaise ou des portraits du XVIIIe et du XIXe siècle, sa tante semble flotter, comme tombée là par mégarde.

Mila adorait son appartement parisien que Henry l'avait convaincue de vendre, un deux-pièces au dernier étage d'un vieil immeuble au cœur de Saint-Germain-des-Prés, avec ses poutres et sa petite terrasse qui dominait les toits du quartier. Tout y était simple, chaleureux, lumineux, quand la fastueuse demeure londonienne respire l'encaustique et la revanche sociale.

Son manteau à la main, Jeanne embrasse sa nièce et lui glisse :

« Ne m'attends pas ce soir. »

La dépendance affective est-elle de l'amour ? Oui, sans doute, pense Mila en la voyant partir au bras de son mari sans évoquer l'assiette de pâtes qu'elle vient de manger. C'est un attachement puissant, presque impossible à dénouer, fait de strates entremêlées de caresses et de blessures, de désir et de reniement, de passion et d'humiliation, de lucidité et d'aveuglement consenti, de moments de bonheur qu'un changement brutal de ton ou d'attitude peut briser net. C'est l'oubli de soi. C'est une solitude invisible. C'est un jeu qui se joue à deux, mais qui n'a rien d'équitable. De la dépendance à la toxicité, il y a si peu. Les attentions et les sourires sont parfois le visage aimable de la manipulation. De temps à autre, dans un moment d'égarement, Jeanne oublie les règles. Elle émet un avis contradictoire, ou échange quelques mots avec un autre homme que son mari feint de prendre pour un flirt. Alors il ne lui parle plus pendant plusieurs jours. Il ne la regarde plus. Pour lui, elle cesse d'exister. C'est sa façon de peser sur elle de toute son emprise. Fort de sa réussite, il s'autorise toutes les transgressions, toutes les malhonnêtetés. Incroyablement, c'est toujours elle qui revient vers lui, qui avale l'affront qu'il vient de lui faire, qui cherche à faire oublier leur désaccord silencieux. Henry redevient le mari tendre qu'il sait être. Il lui déclare combien il l'aime et, face à la sincérité de ses regards, Jeanne paraît aussitôt oublier la violence psychologique contre laquelle elle ne sait pas se défendre. Et les voilà repartis pour un nouveau tour de montagnes russes.

Le lendemain matin, sa tante débarque à l'appartement avec des croissants.

« Tu as vraiment dîné une deuxième fois ?

— J'ai même pris le menu dégustation ! répond Jeanne dans un éclat de rire. Mais là, je vais faire l'impasse sur le petit déjeuner !

— Henry veut que tu rentres ?

— Oui.

— Et… ?

— Je le rejoins à Saint-Tropez à la fin de la semaine. »

Saint-Tropez que Jeanne n'a jamais aimé. La propriété de Henry est dans les Parcs, ce lieu clos pour très riches où chacun s'observe d'une villa à l'autre. La sienne est en première ligne sur la mer, en position dominante, avec accès à son propre ponton. Le paradis pour lui. L'ennui ensoleillé pour Jeanne. Tous les matins, elle descend jusqu'à la crique et nage une heure, remonte, se chauffe au soleil, lit longuement, téléphone à sa nièce, déjeune avec son mari, fait le tour du jardin, retourne nager, attaque la lecture d'un nouveau roman, et ainsi jusqu'au soir. Chaque jour, Henry va acheter les journaux et boire un café ou un Perrier en ville. Jeanne ne l'accompagne presque jamais. Elle ne supporte pas la cohue qui envahit la place des Lices jusqu'aux plus étroites ruelles, le passage obligé chez Sénéquier et les potins qui courent de table en table – qui vient d'arriver ? qui couche avec qui ? qui s'est séparé ? –, les vieux beaux à la peau ruinée par le bronzage qui prennent l'attrait de leur compte en banque pour preuve de leur irrésistible charme, les femmes qui se scrutent pour vérifier laquelle régnera sur la presqu'île cet été, les filles qui défilent entre la jetée et les terrasses des bars chics avec l'espoir d'attirer l'attention d'un homme dans le genre de Henry, les badauds venus pour la journée qui s'agglutinent sur le port et photographient leurs enfants devant les yachts amarrés. Ils rêvent et s'imaginent sur l'un d'eux, prenant le soleil sur le pont arrière, une coupe de champagne à la main dès trois heures de l'après-midi comme les créatures à demi nues qui semblent ignorer tous les regards posés sur elles. Puis ils lèchent la crème glacée coulant du cornet sur leur main, font quelques pas vers le bateau suivant jusqu'à ce que leurs enfants les tirent par le bras pour aller à la mer. Nulle part ailleurs, face à cette concurrence de l'artifice et du superficiel, à cet étalage obscène de richesses, Jeanne n'a surpris une aussi désespérante annihilation de la lutte des classes. Quant à Henry, il adore se fondre dans ce décor d'opérette, à la fois amusé et curieux. Comme chez ceux qui ont dû utiliser toutes les ruses pour prendre leur place dans une société qui leur était interdite, son sens de l'observation est acéré. Ici comme ailleurs, il capte tout, n'est dupe de rien. Jeanne aussi sait reconnaître les courtisans rivalisant d'amabilité et d'hypocrisie. Elle les voit se tortiller entre courbettes et rires forcés devant son mari, tous portés par l'espoir de récolter quelques largesses. Hommes ou femmes, proches ou vagues connaissances, le couple anticipe les flatteries qui tombent toujours dans un fracas sentencieux. Longtemps, ils s'en étaient amusés. Avec le temps, la saveur de cette comédie humaine a perdu de son sel. Leur reste une légère amertume. Et parfois, tout de même, de grands éclats de rire.

Henry détestant les mondanités inutiles, ils évitent les soirées tropéziennes. Ils dînent en tête à tête face au ciel qui s'obscurcit. Henry raconte à sa femme son passage en ville et les dernières anecdotes. Loin de ses obligations londoniennes, il réapprend peu à peu à ne rien faire. Ils retrouvent leur complicité et ressemblent à ces vieux amoureux qui ont bravé bien des tempêtes. Jeanne attend ce moment toute la journée : lorsque Henry redevient le fils d'un chauffeur de taxi indien et retrouve son regard d'enfant pas encore entamé par le pouvoir. Lorsqu'il envisage le monde comme un vaste théâtre. La nuit les enveloppe d'une intimité rassurante. Au large, les lumières de bateaux naviguant entre deux côtes animent la mer sombre et dormante. L'air se charge d'humidité et devient frais. Un frisson parcourt Jeanne. Elle est heureuse.

23

Mila est au restaurant avec Aurélien et son metteur en scène, un Belge de vingt-cinq ans, un mètre quatre-vingt-dix, les cheveux peroxydés et hirsutes, des bagues à tous les doigts. Elle a posé sur la table le scénario truffé de post-it portant ses premières annotations.

« Aurélien dit que tu es une des meilleures scénaristes françaises.

— Aurélien est un ami, précise Mila.

— Tu parles ! Ta réputation est connue jusque dans mon petit pays. Alors, je ne dois pas refuser, n'est-ce pas ? Mais bon, je vois tous tes petits papiers jaunes et j'ai l'impression de retourner à l'école.

— Il s'agit de faire le meilleur film possible, tempère Aurélien avec une diplomatique fermeté.

— Améliorons, améliorons. Tu en penses quoi, Mila ?

— J'aime le côté baroque et jusqu'au-boutiste du texte. On sent tout de suite qu'on ne va pas assister à un sympathique petit dîner de retrouvailles mais que ça va se terminer en jeu de massacre. Pour ça, le choix du huis clos est parfait. Ça place le spectateur dans le même sentiment d'enfermement que le personnage principal. Mais tu dois resserrer et choisir à quels moments tu réserves tes effets.

— Explique-moi.

— Par exemple, la folie du mari sera d'autant plus glaçante si on ne la perçoit pas d'emblée. D'une façon générale, la violence est plus percutante lorsqu'elle surgit au milieu d'une apparente quotidienneté. C'est toi qui dois imposer ton rythme. Et pour ça, il doit y avoir des moments de calme.

— Je comprends. C'est comme une femme maquillée comme une voiture volée dont la beauté s'efface derrière les artifices.

— En quelque sorte. »

Le serveur arrive avec les plats.

« Ah, nous allons enfin manger ! Rien de tel qu'une côte à l'os bien saignante pour avoir l'esprit aiguisé, n'est-ce pas ? »

Yan attaque son steak comme il semble dévorer la vie. Son énergie est communicative. Sa jeunesse, sa liberté et son audace électrisent Mila. Conscient des imperfections de son texte, il est prêt à écouter son producteur et à collaborer avec elle. Mais il reste sûr de ce qu'il veut faire. Pour Mila qui en manque tant, la confiance de ce jeune homme qui n'a rien écrit, rien tourné à part un court-métrage, est une leçon. Seuls comptent le désir et la nécessité. Travailler au scénario de *Mauvais bien* intéresse Mila d'autant plus qu'il l'emmène aux antipodes de son univers. Yan prévoit de tourner un film détonnant et trash. Mila n'envisage qu'un récit cinématographique minimaliste. Yan voit des images dominées par le rouge. Mila imagine un noir et blanc expressionniste. Yan compte saturer les scènes par du heavy metal. Mila veut rendre à la nature toute sa puissance sonore. Mais au fil de leurs échanges, l'envie de réaliser son propre projet se fait de plus en plus impérieuse. Leur conversation vient comme une bouffée d'air pur.

Le déjeuner rappelle à Mila tous ceux qu'ils avaient passés, Simon, Aurélien et elle. Simon pourrait être à table avec eux, il serait assis à ses côtés, il interrogerait Yan, à tout instant il poserait son bras sur l'épaule de sa femme, il se pencherait vers elle pour lui piquer une frite, il la laisserait développer ses arguments – et ses silences à lui, elle le sait, vaudraient approbation.

D'ailleurs, elle sent un léger souffle dans sa nuque. Un courant d'air venant de la rue, sans doute. Elle n'en éprouve aucune tristesse. C'est juste un peu vertigineux. Puis l'illusion s'éloigne. L'étrangeté est qu'il ne soit pas là, avec eux, à commenter lui aussi les dernières sorties.

Aurélien et Yan ont adoré la dernière Palme d'or, mais concernant les autres films récompensés, leurs opinions divergent. Mila se tait. Elle n'en a vu aucun. Elle les écoute et se demande comment elle a pu rester si longtemps sans aller au cinéma. Dans un premier temps, elle avait perdu toute énergie, et y aller sans Simon était inenvisageable. Elle avait même fini par ne plus y penser. Mais tout à coup elle a envie de courir se jeter dans une salle obscure. Elle veut voir tout ce qu'elle a manqué ces derniers mois. Elle veut rattraper le temps perdu.

À la sortie du restaurant, Yan et Mila échangent leurs numéros de portable.

« Mila, veux-tu m'épouser ? lance le metteur en scène.

— Impossible. Elle doit déjà se marier avec moi, répond Aurélien, mi-blagueur, mi-garde du corps.

— Tant pis.

— Je vous attends tous les deux lundi au bureau. »

24

Deux garçons de l'âge de Zoé se tiennent sur le trottoir. Dès qu'ils aperçoivent la fillette et sa mère, ils sautillent et crient vers l'intérieur du restaurant.

« Papa, les voilà ! »

Manuel les rejoint sur le pas de la porte.

« Salut, les filles. Voici donc Zoé, et je vous présente Gaspard et Ingmar.

— Tu viens, Zoé ? »

Les enfants se faufilent entre les tables et disparaissent dans la cuisine.

« On est fermé le dimanche mais les garçons aiment venir déjeuner ici. »

Gaspard, blond, filiforme, racé ; Ingmar, tête brune aux longues boucles entourant un visage rieur. Les fils de Manuel sont aussi différents que possible.

« Je croyais qu'ils étaient jumeaux.

— Ils le sont. Sa mère les surnomme les Dizyboys – comme dizygotes. Son sens de l'humour suédois ! À leur naissance, Ingrid m'a concédé le prénom de Gaspard mais elle tenait absolument à ce que l'un des deux s'appelle Börje comme son père. Börje ! Tu imagines le malheureux. On a fini par transiger avec le deuxième prénom de mon beau-père. Et finalement, c'est amusant, Gaspard est le portrait craché de sa mère et Ingmar me ressemble. Mais ils sont mes merveilles. C'est bien la seule réussite de ce mariage.

— Ce n'est déjà pas mal, non ?

— Sûrement. Pour le reste… Mon ex-femme parle de moi comme d'un mâle blanc cisgenre, un vestige du patriarcat, et crois-moi, dans sa bouche, chaque terme vaut une insulte. Pour moi, le pire reste encore d'être traité de vestige !

— Comment en êtes-vous arrivés là ?

— Plusieurs fois par semaine, sa meilleure amie venait à la maison dîner avec Ingrid. Moi, avec le restaurant, je rentrais tard, bien sûr. Un soir, je suis arrivé à l'appartement, tout était calme, Ingrid dormait déjà. Je me suis installé au salon pour lire avant de la rejoindre. Et là, sur le canapé, j'ai trouvé un soutien-gorge, beaucoup trop petit pour appartenir à Ingrid, mais tout à fait à la taille des seins de Simone. C'est comme ça que j'ai découvert que la mère de mes fils s'envoyait en l'air avec une femme. Je me suis senti tellement con ! D'abord parce que je n'avais rien vu venir. Ensuite parce que j'ai eu l'impression de n'avoir été qu'un distributeur de spermatozoïdes. J'aurais préféré qu'elle me trompe avec un homme, la trahison aurait été moins radicale. En prime, ça m'a valu d'être considéré comme homophobe, moi qui ai manifesté pour le mariage pour tous !

— Et maintenant ?

— Il va se passer des lustres avant que j'en laisse une entrer dans ma vie. Problème de confiance. Mais ça n'a pas que des mauvais côtés. J'ai des petites copines, ça me rappelle ma jeunesse. Avec Ingrid, maintenant c'est plus ou moins apaisé. Elle vit avec Simone, et les jumeaux ont l'air de bien le prendre. Il paraît même que Simone est *trop sympa* ! Facile : elle travaille chez Lego et leur rapporte toutes les nouveautés. »

Les enfants déboulent de la cuisine et filent sous une table. Les garçons prennent soin de Zoé comme d'une petite sœur. La fillette semble enchantée. Elle leur raconte les préparatifs pour la fête de l'école et décrit le déguisement que sa mère lui confectionne.

« Je serai une rose avec des pétales rouges tout autour de la tête et des épines sur le corps. »

Mila et Manu sourient, heureux de voir comme ils s'entendent.

« Nous, notre mère a une fiancée, explique Ingmar à Zoé. Elle est lesbienne. Tu sais ce que ça veut dire ?

— Non. »

Les deux parents suivent leur conversation, curieux et amusés.

« Elle est gay, si tu préfères.

— Ah.

— Pas gaie joyeuse, même si elle est aussi gaie joyeuse. Et toi, ton père, il est où ?

— Il est mort. »

Manu blêmit.

« Désolé, Mila, je n'avais pas compris. Je suis vraiment un imbécile. »

Il bondit alors de sa chaise et claque dans ses mains.

« Bon, les jeunes, on va les faire, ces crêpes ? Zoé, tu les aimes comment ? Fromage ? Sucre ? Chocolat ? Miel ? Bave de crapaud ? »

Il attrape la fillette et la hisse sur ses épaules.

« Chocolat, répond Zoé.

— J'en veux une à la bave de crapaud ! s'esclaffe Gaspard.

— Moi aussi, en fait, ajoute Zoé. Et puis une au chocolat quand même.

— C'est parti ! »

Ils disparaissent dans la cuisine. Enlaçant le cou de Manuel, Zoé doit se courber pour passer dans l'embrasure de la porte. Mila reste dans la salle vide. L'injustice qui frappe sa fille et son impuissance de mère à combler cette absence continuent de lui donner envie de hurler. Heureusement, elle entend le rire de Zoé. Et les voix des garçons. Et leur père qui joue au chef d'orchestre et demande le beurre, la farine, la grande poêle, oh là ! pas trop de sucre, Gaspard, verse-le doucement...

Puis soudain, quelque chose explose et irradie Mila. Comment cette pensée a-t-elle pu ne jamais parvenir jusqu'à sa conscience ?

Elle ne garde aucun souvenir de son père. Elle se souvient encore moins de l'avoir appelé « papa ». Elle avait pourtant prononcé ce mot à chaque instant, comme une évidence. Depuis le jour où elle avait commencé à parler, et même avant, dans ses tout premiers balbutiements. À peine articulé, ce vocable lui avait fait découvrir le pouvoir infini du langage et avait dû la remplir de la plus profonde jouissance. Il lui avait aussi permis d'éprouver le déploiement du lien entre son père et elle. Chaque fois que le mot roulait dans sa bouche d'enfant, chaque fois qu'il éclatait comme une bulle légère, Mila était sa fille, assurée, forte de son insouciance, légitime dans sa certitude d'un monde offert pour l'éternité.

Forcément.

Jusqu'au printemps de ses quatre ans. Cet après-midi où « papa » avait perdu toute signification.

Vingt-six ans plus tard, elle avait mis au monde Zoé. Et avec elle, ce nouveau « papa ». Éclatant. Neuf. Originel. Comme le premier matin de la création de l'univers. Ce jour-là, Simon avait déboulé dans la chambre de la maternité. Mila avait chuchoté à l'oreille de son enfant, deux kilos neuf, cinquante centimètres : « Je te présente papa. » Puis cent fois, mille fois, elle avait lancé : « Papa va te chanter une chanson », « Demande à papa », « On sort dîner avec papa ». Ou, plus récemment : « Cette bague ? C'est papa qui me l'a offerte. » Mais la langue manque de nuances, elle est imprécise. Ces phrases anodines pouvaient aussi bien désigner son père à elle. « Papa » englobe tous les pères. Il est Simon autant que François. Sans distinction. Il est deux syllabes qui se répondent en écho. Deux ailes formant un tout. Un papillon. Merveilleux, voletant, fragile. Éphémère. Hallucinogène. Mila en rirait presque.

Manuel revient avec une assiette. Il s'assoit en face de Mila.

« Recette spéciale pour toi... Je comprends mieux maintenant...

– Quoi ?

– L'ombre de ton regard. Tu m'en parleras quand tu voudras. »

Il ne s'agit pas d'une question. Il se lève, se dirige vers le bar. Avec une dextérité professionnelle, il attrape différentes bouteilles, verse les alcools dans le shaker, les glaçons tintent en rythme. Il revient et pose deux verres de mojito sur la table. Ils se taisent. Mila mange sa crêpe et sirote son cocktail. Elle retrouve Manuel tel qu'elle l'aimait, tel qu'il s'était présenté à elle le jour de la rentrée en classe de seconde, il y a vingt ans. Derrière son apparente désinvolture, il n'a rien perdu de sa perspicacité ni de sa délicatesse. En dépit des treize années d'absence, de la naissance de leurs enfants, de la vie et des accidents rencontrés en chemin, sans doute n'ont-ils pas tellement changé. Il doit la trouver toujours aussi secrète, et lui reste cet homme qu'elle trouvait plus rassurant et plus fin que les autres. Alors elle pose la question qu'elle pensait ne pas lui poser.

« Qu'est-ce qui s'est passé à l'époque ?

— Oh, ça... Je n'en suis pas fier. Plus d'une fois j'ai voulu te rappeler, mais du temps s'était écoulé, je ne sais pas, c'est idiot. Je suis tombé amoureux d'une fille. Elle était d'une jalousie démoniaque et m'a interdit de te voir, je n'aurais jamais dû accepter mais il lui a suffi de deux jours pour me retourner la tête. Elle m'a rendu dingue. Sans doute qu'à ce moment-là j'avais besoin de perdre le contrôle. On est restés ensemble un an, elle était tellement instable et exclusive que j'ai failli rater mes examens. J'ai fini par rompre, et j'ai mis longtemps à m'en remettre. Après, j'ai eu honte de mon silence. Mais oublie toutes ces années, si tu veux bien. Je suis tellement heureux de t'avoir retrouvée.

— Moi aussi.

— Samedi prochain, on va à Disneyland. Ça vous tente ?

— Oui. Zoé n'y a jamais été.

— Nous, on y est déjà allés trois fois. C'est l'horreur, mais ça leur fait tellement plaisir. »

L'après-midi s'écoule ainsi. Le temps semble avoir raccourci. Mila revoit les parents de Manuel. Des gens comme il faut, gentils, respectables, dont l'équilibre et le conformisme la faisaient rêver. Son père est toujours notaire, lui apprend Manu, sa mère a pris sa retraite, ils vivent dans le même appartement et partent un peu moins souvent en vacances. Mila pense à Nathalie. À soixante-six ans, sa mère a fini par épouser un vieil avocat avec qui elle s'ennuie dans leur maison de Majorque. Elle s'occupe encore de quelques chantiers, de moins en moins souvent. Autrefois, elle virevoltait comme un courant d'air, tutoyait tout le monde, avait le mot piquant, portait des tenues extravagantes et accumulait à ses poignets les bracelets rapportés de ses voyages dont les entrechoquements annonçaient sa présence. Manuel la regardait avec des yeux médusés comme si elle était Rita Hayworth et Mata Hari réunies. Ainsi, dans leur jeunesse, chacun avait envié l'autre pour ses parents. Manu, à la recherche d'excentricité et de fantaisie, Mila, d'une tendresse plus accessible.

À présent qu'ils sont devenus parents à leur tour, ils s'évertuent à faire de leur mieux. Sans trop d'illusions. Ils savent que la famille parfaite n'existe pas.

25

Manuel, Mila et leurs enfants arrivent ensemble à Disneyland. Aurélien, venu de son côté avec son fils Hugo, les attend à l'entrée du parc avec des coupe-file pour tout le monde.

Aurélien a ses entrées partout. Combien de fois a-t-il ainsi obtenu des places pour un concert complet depuis des mois, fait ouvrir les portes d'une exposition avant l'arrivée de la foule, et même, dans ses grands jours, trouvé le billet d'avion qui sauve les vacances ? Chaque fois, les choses semblent s'être arrangées par miracle. Jamais il n'évoque le temps ni les efforts qu'il lui a fallu pour décrocher le sésame. Jamais il ne fanfaronne. Il trouve son plaisir dans sa capacité à exaucer discrètement tous les souhaits. Il ressemble au Dernier Nabab, ce producteur hollywoodien inventé par Scott Fitzgerald. Pour l'un comme pour l'autre, l'élégance se joue dans la pénombre. Et le fantasme l'emporte sur la vraie vie, le rêve surpassant toujours la réalité. Sans doute cela explique-t-il qu'Aurélien soit davantage doué pour réussir ses films que ses amours.

Manuel et Aurélien se rencontrent pour la première fois. Ils se serrent la main. Mila capte l'échange de regards. En un éclair, l'entente entre les deux hommes paraît acquise. Gaspard et Ingmar, quant à eux, du haut de leurs cinq ans et demi, dominent d'une demi-tête le jeune Hugo. Mais les chats ne faisant pas des chiens, il suffit à celui-ci de sortir de sa poche quelques bonbons pour se faire aussitôt accepter par les frères.

Les deux pères célibataires semblent reprendre une conversation interrompue la veille. Entre eux, Mila devine une immédiate et tacite solidarité pour l'entourer en douceur. Elle n'est pas surprise, ils partagent la même tendresse. Pour le reste, tout les différencie. Aurélien est un utopiste épris de perfection, un illusionniste désenchanté. Manuel est fêtard et charmeur, sensible et rassurant.

Elle repense à l'époque où Manu et elle ne se quittaient pas. Elle ne se rappelle pas ce qui les avait empêchés de sortir ensemble – ils flirtaient si facilement. Leurs aventures ne les engagaient pas, elles témoignaient juste de leur bonne santé et de l'insouciance de leur jeunesse. Lorsque Manu avait disparu, elle s'était tout de même demandé s'il n'avait pas fugitivement espéré autre chose. S'il n'avait pas fini par tomber un peu amoureux d'elle. Elle s'était alors repassé leur façon de marcher dans la rue bras dessus bras dessous, toutes leurs danses serrés l'un contre l'autre, l'attention avec laquelle il veillait sur elle, les nuits passées ensemble tels deux chatons d'une même portée. À aucun moment pourtant elle ne se souvenait d'avoir surpris d'embarras ou de trouble, pas plus du côté de Manuel que du sien. Ils étaient comme frère et sœur. Mais à quinze ans et même vingt, que savait-elle de l'amour ? Sans doute aurait-elle été incapable de reconnaître un sentiment qu'elle n'avait pas encore éprouvé. Simon avait été le premier à retourner son cœur. C'était leur rencontre qui lui avait ouvert le monde. Manu et elle avaient grandi ensemble, ils avaient glissé de l'adolescence à l'âge adulte. L'habitude d'une irrémédiable amitié avait depuis longtemps annihilé toute autre possibilité.

À peine ressortis de l'attraction de *Peter Pan*, les enfants décident à l'unanimité d'y refaire un tour. Puis c'est la reine de *Blanche-Neige et les Sept Nains* qui se transforme brusquement en sorcière et fait sursauter Zoé. Ils enchaînent avec *Le Manoir hanté*. À la sortie de cette visite, Hugo retrouve l'air libre presque aussi pâle que les fantômes aperçus à l'intérieur. Mais au détour d'une allée, il tombe sur *Balou* en chair et en os, ou plutôt en peluche à taille humaine. Aurélien fait les présentations entre l'ours et son fils aussi émerveillé qu'intimidé. Le héros du *Livre de la jungle* salue le garçon en se trémoussant et lui tend les bras pour l'entraîner dans une petite danse : *Il en faut peu pour être heureux !* À cet instant, au milieu de la cohue, un homme bouscule Mila.

« Pardon », lance celui-ci machinalement.

Leurs regards se croisent. Un sourire à la fois surpris et goguenard éclaire le visage de l'inconnu.

« Bonjour... »

Elle ne le connaît pas... Enfin, elle ne croit pas. Mais, la façon qu'il a de la fixer semble indiquer le contraire. Une fillette le tire par la main.

« Papa, tu viens ! »

Il demeure planté là, hésitant, avec une expression pleine de sous-entendus. Puis il finit par se laisser entraîner et disparaît dans la foule. Mila rejoint la bande qui marche en direction de la prochaine attraction. Alors qu'ils s'engouffrent dans l'antre de *Pirates des Caraïbes* et embarquent sur le bateau dans la pénombre, une vague sensation de déjà-vu la rattrape. Il ne lui reste presque plus rien des hommes croisés au hasard de ses errements. Elle les a repoussés au tréfonds de sa mémoire. Même l'amant des Buttes-Chaumont, le seul qu'elle a revu à plusieurs reprises, semble désormais appartenir à un songe flottant. Malgré tout, le visage anguleux et les cheveux noirs de ce père de famille ont quelque chose de familier. Mila image avec dégoût la promiscuité qui a dû les réunir, l'intimité qu'ils ont dû partager. Heureusement, ni sa fille ni ses amis n'ont prêté attention à ce bref échange.

Ils retrouvent l'air libre et l'éclat du jour. Le sourire de Zoé balaie tout. Sa joie répare tout.

L'après-midi se poursuit. Les enfants veulent tout voir, tout faire. Leurs parents se plient à leurs désirs, Manu avec un entrain remarquable. Un plan du parc dans la main, il mène la troupe en habitué des lieux. Il les guide vers de nouvelles attractions, surveille les quatre enfants, appelle celui qui traîne ou s'éloigne trop, achète des glaces à la fraise, au chocolat. Aurélien et Mila suivent, hallucinés par la débauche d'objets et de souvenirs vendus tous les dix mètres, de déguisements et de vêtements siglés, de ballons qui ne tarderont pas à se perdre dans la troposphère.

En fin de journée, Manu lui-même paraît soulagé de fuir les hordes de gamins braillards et de parents sur les nerfs. Au moment de se quitter, Aurélien brandit des casquettes pour chaque enfant. Ceux-ci les vissent sur leur tête et, fatigués mais heureux, se promettent de se revoir dans quinze jours.

Dans la voiture de Manu, Zoé et les jumeaux s'endorment aussitôt.

« Tu n'as jamais pensé reprendre la société de production et t'en occuper toi-même ?

— Pas une seconde. Aurélien fait ça très bien. D'ailleurs, c'est ce que voulait Simon.

— Toi, tu préfères l'écriture...

— En effet...

— Je sens qu'il y a un *mais* ?

— J'ai décidé de réaliser mon premier film.

— Ça ne m'étonne pas. Je me rappelle la toute première fois que je t'ai vue au lycée. Tu étais assise au fond, près de la fenêtre. Tu semblais très loin des autres élèves, dans un univers qui n'appartenait qu'à toi. Tu te fichais éperdument de ce qui pouvait se passer dans la classe. Je te revois comme si c'était hier.

— Je devais m'ennuyer. Ma scolarité a été un long chemin d'ennui.

— Tu rêvais tout le temps. Alors ? Raconte.

— C'est l'histoire d'une mère et de sa fille qui abandonnent tout et partent sur les routes.

— Joué par toi et Zoé ? demande Manu avec malice.

— Quand même pas !

— Je pourrais faire de la figuration ? Je jouerais un patron de bistrot, il doit bien y avoir ça dans ton road-movie ?

— Forcément ! Je t'engage. Ne reste qu'à achever l'écriture, trouver les deux actrices, un tout petit peu d'argent, faire les repérages… »

Le reste du retour vers Paris se passe en silence. Manuel conduit avec concentration. En se rapprochant de la capitale, les embouteillages sont de plus en plus denses. Mila observe la banlieue qui défile et sur laquelle vient sans cesse se juxtaposer le sourire de l'homme croisé au milieu du parc d'attractions. Elle ouvre la vitre. Prend une bouffée d'air frais auquel résiste le sentiment de salissure. Elle sait que cela passera, comme le reste.

Le lendemain, elle appelle Jeanne. Elle lui raconte leur virée, l'excitation de sa fille, l'entente entre Manuel et Aurélien.

« C'était étrange de les voir ensemble. Ils représentent presque toute ma vie : Manu appartient à ma jeunesse, Aurélien à ce qui a suivi. Ça m'a un peu fait l'effet d'un puzzle qui s'assemble.

— Une réconciliation avec toi-même, peut-être ? »

L'idée fait sourire Mila.

« Quelque chose comme ça, sans doute… Tu as beau temps ?

— Saint-Tropez en juin, il fait toujours beau, répond Jeanne. Ça me ferait plaisir de revoir Manu. La dernière fois, vous étiez encore au lycée… Sinon, tu écris ? Je ne parle pas du nouveau scénario que t'a confié Aurélien.

— Oui.

— Raconte-moi.

— Pas comme ça, pas au téléphone. Mais j'espère pouvoir t'envoyer un premier jet d'ici quinze jours. Celui-là, je compte le réaliser.

— C'est la meilleure nouvelle de l'année !

— Enfin, si je trouve un producteur…

— Tu plaisantes ! demande Jeanne, incrédule.

— …

— Qu'en dit Aurélien ?

— Il n'est au courant de rien.

— Je n'y crois pas ! Et tu penses sérieusement qu'il pourrait ne pas te produire !

— Justement, c'est bien là le problème. Même s'il trouve le projet nul, il n'osera pas le refuser.

— Mais il n'y a aucun risque qu'il n'aime pas. Et de toute façon, l'essentiel est que tu fasses ton film.

— J'ai même envisagé d'envoyer le scénario par la poste sous un pseudonyme.

— On rêve ! Le pire, c'est que je ne suis même pas surprise. Parfois, tu es vraiment énervante. »

26

Six heures du matin. Elle ouvre les yeux, réveillée par le souvenir d'une vidéo qu'elle n'a jamais regardée, qu'elle avait même oubliée. Elle se lève d'un bond et va chercher le portable de Simon dans le placard du couloir, rangé au fond d'un carton depuis des semaines. Sa batterie est à plat. Elle met l'appareil à recharger, puis va à la cuisine préparer le petit déjeuner.

C'était l'un de leurs tout derniers week-ends. Ils étaient chez des amis en Normandie. Il faisait froid et beau comme rarement en décembre. Ils étaient partis se promener dans la campagne. Simon avait filmé sa femme et sa fille, et Mila avait dû se forcer à sourire et à paraître légère alors qu'elle savait le peu de temps qui leur restait. Puis, assez vite, elle avait pris le portable des mains de Simon pour échapper à son regard et pour les filmer, lui et Zoé.

Elle retourne dans la chambre et allume le smartphone en partie rechargé. Apparaissent sur l'écran d'accueil les points rouges signalant tous les SMS, tous les mails, tous les messages vocaux jamais ouverts ni écoutés. Elle lance la vidéo.

Zoé apparaît. Elle court dans les herbes, revient vers ses parents. Elle se met à chanter une comptine apprise à l'école en tournoyant sur elle-même. Elle danse et tourne encore, bras et tête vers le ciel, comme emportée dans une transe. Les paroles sont avalées par son fou rire. Puis elle s'immobilise, titube, prise d'un savoureux vertige. Mila avait oublié comme chaque mois, à cinq ans, est un nouvel âge. Depuis ces images, sa fille a grandi. Son corps s'est allongé, ses joues se sont affinées. Et son regard est moins insouciant. Sa gaieté n'aura plus jamais la même tranquillité. Zoé rit toujours et rira encore, bien sûr. Elle s'amusera et ne pensera que rarement à la disparition de son père. Plus tard, elle tombera amoureuse. Comme tout le monde, elle connaîtra des peines et des plaisirs, et sera souvent heureuse. Mais demeurera l'inquiétude viscérale de ceux qui ont subitement perdu ce qui leur était essentiel et ont dû s'adapter en une fraction de seconde à l'inconcevable. Restera la conscience de la finitude de toute chose dont l'enfance est censée être épargnée. Mila le sait pour avoir grandi avec ce sentiment d'urgence et d'imperceptible désenchantement. Peut-être Zoé passera-t-elle une part de son existence à chercher inconsciemment le regard manquant. Peut-être sa trajectoire en sera-t-elle modifiée. Peut-être cette quête inassouvissable la portera-t-elle plus loin et fera d'elle une femme différente de celle qu'elle aurait été. Peu importe. À cet instant, son père la filme. Accroupie, elle observe un escargot. Elle l'effleure d'un doigt léger et explique à ses parents, à voix basse pour ne pas le déranger, que l'animal est inoffensif et sa coquille très fragile, et qu'il ne faut pas le trouver dégoûtant même s'il bave. Puis elle se redresse, vient vers Mila – qui entre dans le champ – pour lui demander s'il y aura des pâtes à déjeuner. Assez vite, l'objectif perd l'enfant et sa mère, s'égare vers la cime des arbres, puis se stabilise à nouveau. Simon apparaît. Il fait face à Mila. C'est maintenant elle qui capte les images. Il lui sourit. Mais ce n'est déjà plus vraiment lui. Son visage est creusé, ses yeux cernés paraissent encore plus sombres, et son expression ne trahit plus que l'inquiétude. À cet instant, sans doute est-il déchiré par la même pensée que Mila, la même certitude de leur séparation. Leur échange de regard est interrompu par Zoé qui se jette sur lui. C'est leur jeu. Il fait semblant de tomber à la renverse et l'entraîne dans sa chute. Ils roulent ensemble au sol. Simon émet un grognement de monstre terrifiant et immobilise sa fille entre ses bras. Elle hurle de plaisir. Mila s'approche, les cadre au plus près, jusqu'à oublier le paysage, le soleil d'hiver, la pureté du ciel, les oiseaux, les arbres, chaque brin d'herbe, la terre brune et humide, la fine trace blanchâtre laissée par le gastéropode, le temps qui file inexorablement. Ne restent plus que leurs visages en très gros plan, peau contre peau, nez contre joue, rire contre rire, cheveux mêlés dans la bagarre. Ses deux amours unis dans un même souffle, dans un même bonheur.

Fin du film.

Sept heures et quart. Elle va réveiller sa fille. Premier baiser de la journée. Petit déjeuner. Douche. Brossage des dents. Habillage. Zoé préfère mettre son tee-shirt vert plutôt que le gris. Va pour le vert. Cartable. Porte claquée. La rue du matin. L'air encore frais. Zoé dit qu'elle n'a pas fait de vélo depuis longtemps.

« Et les vacances, c'est bientôt. On fera quelque chose ?

— On va réfléchir, répond sa mère. Avec les garçons peut-être… Ça te plairait ?

— Oh oui ! »

Les parents sont agglutinés devant l'établissement. Zoé lâche sa main pour rejoindre ses camarades. La maîtresse salue Mila d'un sourire rassurant.

Tout est sous contrôle.

27

Deux fois par semaine, Mila retrouve Yan, le plus souvent à la brasserie de la place Clichy. Ils s'installent toujours à la même table dans l'angle du fond. Quelle que soit la météo, le jeune homme porte un vieux tee-shirt, son jean noir troué, ses boots usées et ses bagues têtes de mort. Ce qui ne l'empêche pas d'être tout à fait charmant et d'une politesse surannée qui amuse Mila. Chaque fois qu'elle arrive ou le quitte, il bondit de sa chaise avec la vivacité d'un soldat se mettant au garde-à-vous. Mila se demande si ce sont leurs dix années d'écart qui justifient ces égards. Mais ce n'est même pas certain. Derrière son exubérance ou sa façon de tutoyer tout le monde, Yan est un vrai gentil à l'intelligence instinctive qui a bien perçu la nécessité de canaliser ses débordements.

À cette heure de la matinée, ils sont pratiquement seuls dans le bistrot. L'odeur du nettoyage d'avant l'ouverture se mêle encore à celle des cafés servis aux premiers clients. Mila carbure au thé. Yan commence par un double expresso avant de passer à la bière. Souvent, il apostrophe un des serveurs qui traînent un air désemparé en attendant le rush de midi :

« Qu'est-ce que t'en penses, Marco ? »

Le Belge les appelle tous par leur prénom.

« Imagine, t'es pris au milieu d'un conflit de couple. Il faut dire que les deux sont timbrés et qu'entre eux la haine est à couper au couteau. Ils t'ont invité à dîner chez eux. Elle, ça fait trente ans que tu ne l'as pas vue. Et lui, c'est la première fois que tu le rencontres mais il est persuadé que sa femme est folle de toi depuis toujours. Il t'a forcé à manger ce que tu n'avales pas en une semaine, et à la fin du repas, sans que tu aies eu le temps de réagir, il t'a ligoté sur ta chaise. Tu hurles mais ils continuent leur règlement de comptes. Le voisin sonne à la porte. Il entre et paraît trouver tout normal. À ce moment-là, tu vomis tes tripes. Mais le voisin a la phobie du vomi et pique une crise de nerfs. Sauf que toi, t'en as profité pour te détacher. Tu fais quoi ? Tu pars en courant, ou tu te venges ? Hein ? »

Généralement, le serveur rigole :

« Ben, c'est pas du Shakespeare, votre film !

— Tu te trompes. Si Shakespeare vivait aujourd'hui, c'est un truc comme ça qu'il écrirait ! C'est même exactement cette histoire qu'il écrirait. »

Marco fait un clin d'œil à Mila qui signifie : « Il est bien jeté, votre copain. » Mais la décontraction du jeune homme fait passer toutes ses outrances. Paradoxalement, celle-ci semble même démentir ce qui, chez n'importe qui d'autre, passerait pour de la prétention ou un excès de confiance en soi.

« Et ça sortira quand ? demande le serveur.

— Tu veux jouer dedans ? Mila, qu'est-ce que t'en penses ? Marco serait parfait pour faire le voisin, il a la tête pour ça.

— Yan, d'abord on termine le scénario. »

À ce stade, elle ne juge pas utile de préciser qu'acteur reste un vrai métier, ni que la description du personnage en question est celle d'un demi-attardé mental.

Mila considère Yan comme un adolescent turbulent, inventif, talentueux, difficile à canaliser, convaincu d'avoir mille choses à exprimer et un destin qui l'attend. Mais leur collaboration lui fait un bien fou. Cela la libère. Depuis qu'ils se voient, elle ne s'interroge plus sur sa légitimité à vouloir mettre en scène. Elle assume de faire un film à contre-courant des comédies françaises actuelles ou des grosses productions. Elle s'est même convaincue que sa crédibilité résiderait dans l'affirmation de sa singularité.

Après leurs séances, portée par cette émulation, elle se précipite chez elle. Mila écrit ou reprend les scènes de son scénario jusqu'au moment où elle doit aller chercher Zoé à l'école. Le reste de la journée s'organise autour de la fillette. Puis elle se remet au travail sitôt après l'avoir couchée.

Tout tourne autour du silence. Le silence peut être ce qui vient juste après les dernières notes d'un concerto pour piano de Mozart. Il peut être le bruit régulier de la pluie ou de la brisure légère des vagues sur le rivage. Le silence peut encore être au loin la ligne d'horizon.

Mais les silences…

Au pluriel, ils deviennent chaos, empêchement, impossibilité à communiquer, indicibles secrets qui se transmettent et jamais ne se partagent. Les silences condamnent à la vraie solitude, celle qu'aucune présence, qu'aucun amour ne peut tout à fait atteindre. Ils blessent et enferment. Les silences sont aussi un langage. Ils disent bien plus que les mots. Ils ne mentent pas. Ce sont eux qui définissent Mila. Elle vient de là. Écrire et réaliser son film, c'est une façon de dompter les gouffres sur lesquels elle s'est construite.

Alors, lui semble-t-il, le singulier pourra l'emporter.

28

Les jours ont perdu l'immobilité des derniers mois. Manuel, Aurélien et Mila forment désormais une étrange famille multiparentale. Ils se retrouvent au grand complet un week-end sur deux. Le reste du temps, les adultes se téléphonent tous les soirs dans une conversation à trois où chacun se sent libre et confiant. Mila aime s'endormir juste après avoir raccroché, lorsque les voix de ses amis semblent encore résonner dans la chambre. Ils se racontent les événements de la journée, leurs projets, leurs envies, ils plaisantent comme des adolescents, ils commentent l'actualité, ils parlent des enfants. Ils n'évoquent jamais leur vie intime. Pour Mila, le temps des rencontres éphémères est résolu. Aurélien consacre toute son énergie à son travail. Manu est le seul à avoir quelques aventures qui ne méritent pas de commentaires. Contrairement à lui qui assume la garde partagée des jumeaux et a mis en place une solide organisation, Aurélien n'a Hugo qu'un week-end sur deux et une partie des vacances. Il demande souvent conseil aux deux autres. Hugo voudrait aller sur la Lune que son père étudierait aussitôt la faisabilité du voyage, mais il est démuni en cas de forte fièvre ou s'il s'agit de trouver les mots justes pour le consoler après une dispute de cour de récréation.

Lorsqu'ils se retrouvent tous les sept, ils préparent des gâteaux dans la cuisine du restaurant, ou vont chez Mila. Les enfants y regardent des dessins animés sur le grand écran du salon. Souvent, ils embarquent dans le van d'occasion que Manuel vient d'acheter. Toutes les propositions d'excursion sont étudiées et décidées à la majorité. Ils roulent jusqu'au parc de Saint-Cloud pour faire du vélo dans les allées. Ou partent vers de plus lointaines forêts à la recherche de trèfles à quatre feuilles. Ou font la visite du château de Versailles, qui tourne très vite en parties de cache-cache dans les vastes jardins. Parfois aussi, les adultes organisent des sorties surprises. Pendant tout le trajet règne alors dans le véhicule une vive excitation. Ainsi, ce dimanche où, guidés par Aurélien, ils avaient quitté le périphérique pour se perdre dans une banlieue déserte. Aurélien avait indiqué à Manu une vaste zone apparemment abandonnée avec d'immenses hangars. Ils s'étaient garés devant l'un des bâtiments. Dans un grincement d'acier, Aurélien avait fait glisser les deux battants, qui s'étaient ouverts sur un espace noir. Avalé par l'obscurité et le silence, il y avait pénétré seul. Les projecteurs s'étaient allumés. Une rue nimbée d'un étrange soleil était apparue avec ses devantures d'une autre époque, ses enseignes suspendues, ses vieux réverbères, et plusieurs tractions avant garées le long des trottoirs. Médusés, les enfants n'avaient plus osé bouger. Puis ils s'étaient élancés dans le studio de cinéma. Ils avaient couru partout, ils étaient montés dans les voitures et avaient fait mine de les conduire, ils avaient grimpé sur les échafaudages de métal qui retenaient l'arrière des façades. Ils avaient posé mille questions à Aurélien sur l'élaboration d'un film, et à la fin tous voulaient devenir décorateur, metteur en scène ou chef opérateur.

La gaieté des enfants, le côté Pierrot lunaire d'Aurélien qui l'attendrit, l'enthousiasme et la force de Manuel, forment autour de Mila un environnement où les jours sont plus faciles.

Elle peut désormais penser à Simon sans être débordée par un chaos émotionnel. Elle peut voir briller le regard tendre et brun de Zoé, si semblable à celui de son père, sans être ramenée instantanément à ces mois dont elle avait cru ne jamais pouvoir s'extraire. Cette ressemblance lui est même devenue douce. L'appétit de vivre de sa fille, la lumière des premiers soirs d'été, la complicité avec ses amis, son projet de réalisation sont autant d'occasions de ressentir un éclat de légèreté. Bien sûr, la culpabilité n'est jamais loin. Mais au fil des mois, Mila s'est mithridatisée contre ce sentiment de trahison. Elle a appris à absorber ce poison sans y prêter une attention excessive. La vraie nouveauté est l'indulgence qu'elle s'accorde plus facilement.

Sans doute s'habitue-t-elle à dormir seule. Et à vivre sans Simon.

29

Depuis des jours, elle y pense et recule l'échéance par crainte de découvrir des échanges qui pourraient la blesser. Mais ce soir, allongée sur son lit, Mila ouvre le tiroir de sa table de nuit et en sort le téléphone portable de Simon. Le cœur battant, elle l'allume. L'écran d'accueil apparaît avec toutes les notifications en attente.

Il faisait partie des producteurs français qui comptaient et se trouvait au centre d'un système où la séduction régnait sur chaque décision. Les actrices constituaient son environnement quotidien. Celles qu'il faisait tourner. Et celles qui le sollicitaient avec l'espoir d'obtenir un rôle. Celles qu'il accompagnait aux premières et qui montaient les marches des grands festivals à son bras, comme les débutantes qui lui souriaient de l'autre bout du restaurant ou les inconnues qui n'hésitaient pas à l'aborder.

Au début de leur relation, à l'invitation de Simon, Mila l'avait accompagné à Cannes. Très vite, elle avait été saisie par la promiscuité et l'effervescence qui régnaient dans un périmètre de moins de deux kilomètres, délimité d'un côté par le Palais des festivals, de l'autre par la plage de l'hôtel Martinez et, en retrait, le palace lui-même. À l'intérieur de ce triangle, circulant autour de la Croisette, tout le monde se reconnaissait, s'observait, se jaugeait ou se saluait. La consanguinité du milieu semblait palpable. Mila avait pu y mesurer le pouvoir d'attraction des hommes qui décidaient de la distribution des films. Réalisateurs en vogue ou producteurs, tous étaient soumis aux mêmes assauts. Certains en tiraient parti et trouvaient là moyen à assouvir leur instinct de prédateur. D'autres abordaient ces grands-messes avec une distance professionnelle, dont Simon, pour qui Cannes n'était qu'une étape utile dans le lancement d'un film. Rien, dans son attitude, n'encourageait les starlettes à la familiarité. Et encore moins à l'inconvenance. Mais celles qui le reconnaissaient gravitaient autour de lui. Les plus audacieuses n'hésitaient pas à le draguer devant Mila. Elle en avait vues lui donner leur photo au dos de laquelle étaient griffonnés leur nom, celui de l'hôtel où elles séjournaient et leur numéro de chambre. Mila avait explosé d'un rire nerveux. Simon, davantage habitué à ce genre de manifestations, passait son chemin en serrant plus fort la main de sa femme.

Cette frénésie dépassait tout ce que Mila avait pu imaginer. Après cette expérience cannoise, pour ne pas céder à la paranoïa, elle avait décidé de le laisser aller seul dans ce qu'elle rebaptisa « les grandes foires » et d'opter pour la confiance. Et cela avait fonctionné. Durant dix ans, ils évitèrent les soupçons, l'aigreur, les scènes de jalousie, et vécurent dans un respect mutuel dont ni l'un ni l'autre n'eurent à douter.

Mais à cet instant, elle présage que sa naïveté va lui exploser à la figure. Simon était séduisant. Les sollicitations n'avaient pas dû manquer. Outre les comédiennes, il côtoyait chaque jour costumières, monteuses, scénaristes, décoratrices, responsables fiction des différentes chaînes, autant de femmes qui participaient à l'élaboration des films. Parmi elles, il y en avait de charmantes et fines d'esprit. Quelle ingénuité de croire qu'aucune ne l'ait troublé. Qu'il n'ait jamais fait le moindre pas de côté. Ce soir, parce qu'elle est un coffre-fort dont elle a perdu la clé, Mila décide de pénétrer les secrets du portable de Simon. Ses sentiments, ses émotions, tout est là à l'intérieur d'elle-même, et tout demeure inaccessible. Elle espère qu'un détail, une indiscrétion, pourra débloquer sa mémoire et rendre de nouveau tangible son existence avec Simon. Elle est prête à se cogner à la réalité, quitte à devoir recomposer toute leur histoire. Tant pis si cela doit faire mal.

Elle commence par les mails. Défilent les courriers professionnels, administratifs, les publicités, les offres promotionnelles pour des hôtels où ils avaient séjourné ensemble. Sur sa boîte vocale, elle reconnaît les noms d'amis, de metteurs en scène, de distributeurs, d'agents d'acteurs. Elle n'écoute que les messages dont les numéros ne lui disent rien. Tous concernent le travail. Puis elle s'attaque aux SMS.

Le dernier arrivé est de Juliette.

Lui reviennent alors ses regards pleins de haine lorsque Simon avait un geste tendre ou semblait fier de sa femme, jusqu'à la coïncidence de sa rupture avec Aurélien au lendemain de l'enterrement. Mila devine qu'elle va plonger dans une eau boueuse. Elle effleure l'écran et découvre le dernier texto arrivé.

vend. 21 janv. à 11:31
« Va crever ! »

Mila en a le souffle coupé, les deux mots sont d'une violence absolue. Elle pose le smartphone le temps de reprendre sa respiration. Puis remonte le fil de leur conversation. Les messages de Juliette se succèdent en monologue. La veille, celle-ci avait écrit :

jeudi 20 janv. à 20:24
« Comment vas-tu ? Tu avais une sale mine l'autre soir. Je m'inquiète. »

jeudi 20 janv. à 20:46
« Tu continues toujours le traitement de Fourneaux ?
Il a guéri un ami que les plus grands professeurs croyaient condamné.
Alors toi, il va te remettre sur pied à toute vitesse. »

jeudi 20 janv. à 23:47
« Tu pourrais tout de même répondre à mes messages !!! »

vend. 21 janv. à 07:08
« Tu crois pouvoir te permettre toutes les impolitesses ?
Tu te prends pour qui ? Espèce de connard ! »

vend. 21 janv. à 11:31
« Va crever ! »

Simon était mort dans la nuit du 21 janvier.

Comment Juliette savait-elle qu'il voyait ce charlatan ? Simon n'avait pas pu parler avec elle de ses problèmes de santé. Depuis le tournage de *L'Exil intérieur*, cela faisait dix ans qu'il ne l'appelait jamais autrement que « la sorcière », et il ne la voyait que lors des rares dîners qu'ils faisaient à quatre. Il est encore moins vraisemblable qu'il lui ait donné les détails de son traitement. Mila griffe nerveusement l'écran du portable pour remonter davantage dans le temps. Elle s'arrête là où des bulles bleues signalent des réponses de Simon. Celles-ci datent de neuf mois plus tôt.

mardi 6 avr. à 11:10
« Aurélien me dit que tu as l'air épuisé.
Tout va bien ? »

mardi 6 avr. à 20:09
*« Oui. Plein de boulot
et un petit coup de fatigue.
C'est rien ! »*

mardi 6 avr. à 20:10
*« Je connais un médecin fabuleux.
Va le voir de ma part, je t'envoie son numéro.
Tu vas l'adorer. »*

mer. 7 avr. à 09:16
« Merci. »

C'était donc elle qui l'avait jeté dans les mains de Fourneaux… Et Simon avait été assez fou pour suivre son conseil…

Puis entre eux, plus aucun échange pendant plus de trois mois.

mardi 20 juil. à 21:34
*« Je viens de voir le Dr Fourneaux.
Il paraît que tu vas beaucoup mieux.
Je t'avais dit que c'était le meilleur. »*

Le lendemain, elle insistait :

mer. 21 juil. à 07:54

« Mais continue tout de même son traitement. »

Puis, deux jours plus tard :

vend. 23 juil. à 09:55
« Tu as eu mes messages ? Tu ne m'as pas répondu. Tu continues à suivre toutes ses prescriptions ? »

vend. 23 juil. à 17:34
« Oui. »

Mila en a assez lu. Il est onze heures du soir. Elle appelle Aurélien.

« Tu peux passer ?

— Ça ne va pas ?

— Viens. »

Elle redoutait de tomber sur des échanges avec une éventuelle maîtresse. Elle ne s'attendait pas à découvrir le rôle que Juliette avait joué dans l'évolution de la maladie de Simon. Celle-ci croyait-elle vraiment que les plantes étaient la panacée ? Ou avait-elle volontairement empêché Simon de se soigner ? Question vertigineuse. Depuis des mois, Mila se reprochait de ne pas l'avoir sauvé, et cette culpabilité la hantait. C'était avant de connaître la responsabilité initiale de Juliette.

Aurélien arrive vingt minutes plus tard. Dès qu'il franchit la porte, elle lui demande s'il connaît le Dr Fourneaux. Aurélien ne l'a jamais rencontré, mais il en a souvent entendu parler par Juliette. Fourneaux est son médecin, et c'est lui qui la conseille pour son blog.

Après *L'Exil intérieur*, Juliette avait encore joué dans deux films, puis sa carrière avait rapidement périclité. Ses accès caractériels n'avaient pas aidé, mais sa plus grande faute était de ne plus susciter le désir. Elle jouait juste, mais sa fraîcheur passant et l'amertume commençant à marquer son visage, cela n'avait plus suffi. Déjà les spectateurs s'enthousiasmaient pour d'autres actrices moins vues, plus jeunes. Ils réclamaient du sang neuf. La profession le leur avait donné. Mais Juliette avait su rebondir. Profitant de la notoriété qui lui restait, elle s'était lancée sur les réseaux sociaux. Elle s'était réinventée conseillère en art de vivre. Alimentation, yoga, méditation, décoration, santé, sexualité, elle paraissait experte dans tous les domaines. Assez vite, elle avait eu plusieurs milliers d'abonnés, puis dizaines de milliers. En deux ans, elle était devenue une influenceuse prospère dont la carrière cinématographique n'était plus qu'un lointain souvenir.

« C'est Juliette qui a recommandé Fourneaux à Simon, explique Mila à son ami. Elle l'a relancé jusqu'au dernier jour. Et c'est cet escroc qui a suivi Simon ou, plus exactement, qui l'a empêché de se soigner en ne lui prescrivant que des huiles essentielles. Moi, pendant ce temps, je me battais avec Simon pour qu'il aille voir un vrai médecin.

— Je croyais qu'il voyait le meilleur spécialiste de la Pitié-Salpêtrière ?

— Oui, après. Une fois qu'il était déjà trop tard… »

Assommé par ces révélations, Aurélien se laisse tomber sur le fauteuil. Il reste silencieux le temps d'assimiler toutes ces informations. Mila s'enroule dans le plaid du canapé.

« Tu avais discuté avec Juliette de la maladie de Simon ?

— Jamais ! D'ailleurs Simon a mis des mois avant de m'en parler. Il me l'a annoncée quand il est allé faire les premiers examens à l'hôpital… Tu ne crois tout de même pas qu'elle… »

Aurélien n'arrive pas à achever sa phrase.

« Qu'elle a agi volontairement ? Je n'en sais rien. Et nous ne le saurons jamais. Du reste, la vraie responsable, c'est moi. Au début, j'ai vu qu'il avait l'air fatigué mais il m'a dit que tout allait bien, et je me suis satisfaite de sa réponse.

Je travaillais sur deux scénarios, tu te rappelles, et le peu de temps qui me restait, je m'occupais de Zoé. Je n'ai pas été assez vigilante.

— Arrête, Mila, tu n'y es pour rien.

— J'aurais dû insister beaucoup plus tôt pour qu'il aille faire des examens.

— Simon était un homme responsable et il savait très bien ce qu'il faisait, dans sa vie en général et dans ce cas particulier. Mais vos quinze ans d'écart l'inquiétaient. Il se trouvait trop vieux pour toi. Il disait que pour l'instant ça allait, mais il redoutait l'avenir, lorsque tu serais toujours une jeune femme pendant que lui entamerait la vieillesse.

— Sérieusement ?!

— Il y faisait souvent allusion. Et, oui, ça le préoccupait vraiment. À ses yeux, la maladie aggravait votre différence d'âge. Il avait peur de te perdre...

— Pardon ?!

— Tu sais, nous n'avions pas que des conversations professionnelles.

— Oui, tu étais son ami. Il n'aurait laissé la maison de production à personne d'autre.

— Plusieurs fois, surtout à la fin, il m'a confié que tu étais assez jeune pour refaire ta vie, et cette perspective semblait le soulager.

— C'est débile !

— Oui. C'est débile. Tu as quelque chose à boire ?

— Je dois avoir du mescal.

— C'est exactement ce qu'il nous faut. Mais tu dois arrêter de t'autoflageller, Mila. Tu n'es pour rien dans ce qui s'est passé. La réalité, c'est que Simon était très malade. Personne n'y pouvait rien. »

Elle va chercher la bouteille, sert deux verres. Elle s'installe sur le canapé et boit plusieurs gorgées. L'alcool lui brûle la gorge, elle sent la chaleur envahir son ventre. Elle a déjà moins froid. Aurélien les sert à nouveau. Elle se détend, s'avachit dans les coussins et déploie ses jambes. Peu à peu, les tensions se dénouent. Ce n'est pas uniquement l'effet de l'alcool. Elle pense à ce que vient de lui dire Aurélien. Pour elle, leur âge ne comptait pas, ces quinze années n'existaient pas, mais peut-être avait-elle sous-estimé les angoisses de Simon. Elle se souvient, lorsqu'elle le taquinait pour une mèche de cheveux qui blanchissait, de la façon qu'il avait de bougonner et de parler d'autre chose. Elle prenait cela pour un accès de coquetterie. Sans doute s'agissait-il d'un sentiment plus profond qu'elle n'avait pas su comprendre.

Par ailleurs, l'incursion dans le portable de Simon vient de lui rendre quelque chose qui s'était perdu dans l'assèchement de ses souvenirs : il avait toujours été honnête avec elle. Durant leurs dix années de vie commune, Mila n'en avait jamais douté. Mais son absence avait tout embrouillé. Dans l'insensibilité amnésique où elle avait sombré, dans cet espace où plus rien n'était tangible, la suspicion avait petit à petit supplanté la confiance. Le portable de Simon vient de lui rendre le sentiment de sécurité et d'apaisement qu'elle avait toujours éprouvé à ses côtés.

« Il me manque tellement.

— Je sais. »

Sa gorge se noue. Elle ferme les yeux, prise d'une foudroyante fatigue. Son corps pèse une tonne. Sa tête épouse l'arrondi du dossier. Le temps s'écoule. Le canapé est en train de l'engloutir, elle ne pourra plus jamais bouger de là, plus jamais s'extirper de cette structure moelleuse et aspirante. Finalement, devenir matière inerte, sans histoire ni conscience, n'est pas si désagréable. Des larmes forcent le passage de ses paupières closes et roulent sur ses joues, suivies d'autres, impossibles à contenir. C'est une libération. Une catharsis. Près d'elle, Aurélien se tait. Elle déteste l'indécence, mais elle ne contrôle plus rien. Elle pleure sans retenue. Peu à peu, la vague s'éloigne. Mila se redresse, elle s'extrait du canapé, va à la cuisine. Elle passe de l'eau sur son visage. Aurélien la suit. Il ouvre le réfrigérateur, les placards, tombe sur un pot de Nutella. Il prend deux cuillères, en tend une à Mila. Elle lui sourit. Ils s'installent autour de la table et attaquent la pâte de noisettes dans un élan régressif.

« Pas mal, le mélange mescal-Nutella ! On vient de trouver un truc. Il faut en parler à Manu pour qu'il nous invente une nouvelle recette, lance Aurélien.

— Cet été, nous pourrions partir tous ensemble à Ischia avec Manu et les jumeaux. La maison est petite, il faudra se serrer, et aussi donner un coup de frais. Mais ça te dirait ?

— Tu parles ! »

Aurélien remplit à nouveau leurs verres, puis Mila téléphone à Manuel.

« Salut, Manu ! On part tous en Italie cet été !

— Et moi, je me charge des boissons ! hurle Aurélien pour qu'à l'autre bout du fil Manuel l'entende. D'ailleurs, on a une suggestion pour toi.

— Vous m'avez l'air en forme tous les deux ! Mes derniers clients quittent le restaurant. Vous êtes où ?

— À l'appartement.

— Attendez-moi, j'arrive ! »

30

Jeanne a sauté dans le premier train pour Paris dès que sa nièce lui a annoncé avoir quelque chose à lui faire lire. Elle voulait être près de Mila.

À peine arrivée, elle lui remet la clé d'Ischia en disant « ta clé » comme si elle ne comptait jamais la récupérer.

Jeanne n'est pas retournée là-bas depuis dix ans. Cet été-là, Henry avait loué un bateau et organisé une croisière en Méditerranée. Elle avait profité de leur passage dans la baie de Naples pour vérifier l'état de la bergerie. Malgré des années d'absence, elle l'avait trouvée telle qu'elle l'avait laissée, mis à part la poussière et quelques plaques de chaux décollées sur les murs. Le jardin, en revanche, était envahi de broussailles et de buissons d'épines. Jeanne avait passé l'après-midi à arracher et couper tout ce qui pouvait l'être en un après-midi. Puis, le rendant à son abandon, elle avait rangé le sécateur, refermé le cabanon. Et le couple avait repris sa navigation vers le sud.

« Ça doit être une jungle maintenant. En tout cas, tu n'imagines pas comme je suis heureuse que cette maison revive.

— Moi aussi. Mais après, j'aimerais qu'on y retourne ensemble. Pourquoi pas en septembre ?

— Oui, bien sûr. Tiens, en chemin, je me suis arrêtée à la pâtisserie et j'ai acheté des macarons au chocolat, tes préférés. Je vais me faire un thé et j'attaque la lecture. »

Mila préfère la laisser seule. Elle quitte l'appartement.

Une fois dehors, elle regarde quels films se jouent au Christine. De chez elle, il faut traverser la moitié de Paris pour arriver jusqu'au cinéma-club du Quartier latin. C'est parfait. Elle s'élance, soulagée de se mêler aux passants. Sa tante lui dira ce qu'elle pense du scénario, en bien comme en mal. C'est tout l'intérêt. C'est aussi ce qui la stresse. Mais plus elle s'éloigne, plus son appréhension s'estompe. Il semble même que la tension nerveuse se transforme en énergie. Ses pas se déroulent de plus en plus souplement, de plus en plus assurés. Depuis qu'elle s'est remise à travailler, elle a arrêté ses longues promenades mais ses muscles ont conservé leur puissance.

Quelques spectateurs solitaires ont échoué dans la salle obscure. Elle s'enfonce dans son fauteuil. Elle se souvient de toutes les fois où elle est venue ici avec Simon. Elle repense aux innombrables films vus ensemble, à toutes leurs conversations, à cette passion commune. Pendant la projection, Simon ne lâchait jamais sa main, et ils plongeaient ensemble dans l'univers du metteur en scène. Mila se sentait dans une bulle protectrice. C'était une sensation délicieuse et douillette qui la ramenait à l'enfance lorsque son lit devenait une cabane. Elle disparaissait sous les draps avec sa lampe de poche et lisait un livre ou s'inventait un monde peuplé de personnages.

La séance démarre, la première depuis des mois. Mila a déjà vu *La vie est belle* plusieurs fois, mais le temps de la projection, l'optimisme de Capra lui fait oublier que Jeanne est plongée dans la lecture de son scénario.

Elle retrouve la lumière de juin et les bruits de la ville. Sa tante doit maintenant avoir terminé. Mila se presse vers l'appartement.

Elle ouvre la porte. Jeanne n'attend pas une seconde pour lancer :

« Si tu ne donnes pas ça tout de suite à Aurélien, c'est moi qui m'en charge. Maintenant, je veux voir le film. »

31

Le van est bourré à craquer. Manu, Mila et Aurélien sont installés sur les trois sièges avant. Les enfants sont assis derrière. Au fond du véhicule s'entassent leurs sacs de voyage, des matelas, des draps, des tonnes d'outils, du matériel pour reprendre les enduits, une caisse de jeux et de livres, des bouées, des paquets de chips, des boîtes de biscuits. Ils quittent Paris à huit heures du soir. Les enfants s'endorment assez vite. Les adultes se relaient au volant toute la nuit.

Ils arrivent à Naples le lendemain midi.

Ils traversent la ville dans laquelle Mila n'est plus retournée depuis dix-sept ans. Elle reconnaît le linge suspendu aux fenêtres, la chaleur, les innombrables églises, l'enchevêtrement des rues, les chaussées défoncées sur lesquelles le van bringuebale et l'affolante conduite des Napolitains.

Mais ce sont surtout les bruits qui la saisissent et raniment un passé lointain : les concerts de klaxons, les pots d'échappement pétaradants des Vespa, les hommes qui s'apostrophent d'un trottoir à l'autre, les sifflements qui fusent au passage des filles, les cris des mouettes, la sirène d'un paquebot entrant au port ou le quittant... À travers ce vacarme, elle retrouve l'impression de désordre, de fièvre et de gaieté qui les enchantait, Jeanne et elle. Alors, pendant qu'ils roulent dans la circulation, elle enregistre la bande sonore sur son smartphone et l'envoie à sa tante.

« Vous voilà donc à Naples, lui répond aussitôt sa tante. Tout change et rien ne change ! »

Ils embarquent sur le ferry. Dès qu'ils s'éloignent du débarcadère, Mila emmène sa fille sur le pont arrière. Assez vite, les grues du chantier naval rapetissent et pâlissent dans le voile de pollution. La ville se déploie peu à peu dans toute son étendue sous l'ombre du Vésuve. Zoé se colle au garde-corps. L'air marin aspire ses cheveux. Sa peau absorbe chaque particule d'iode. Ses yeux se plissent sous l'éclat du soleil. Cependant, son regard ne perd rien de l'intensité de la Méditerranée, ni du bouillonnement écumeux provoqué par les hélices, ni du long sillon neigeux qui s'étire à la suite du bateau.

Elle découvre sur l'horizon Capri qui esquisse deux collines en contre-jour. Elle suit les voiliers qui voguent entre la côte et les îles. Une vedette les double à vive allure. À son bord, des jeunes rient et les saluent en agitant leurs bras. Zoé leur répond d'un timide geste de la main. Mila pense qu'un jour ce sera sa fille qui filera comme eux, grisée par l'été, la sensation de vitesse et de liberté, par la promesse d'une vie encore à dessiner. Mais pour l'instant, la concentration de Zoé est à la hauteur de son excitation. Mila avait neuf ans lorsqu'elle-même avait fait sa première traversée. Elle se souvient encore de son ivresse. Comme Zoé, il lui avait semblé qu'elle partait à la découverte du monde.

Arrivés à Ischia, Mila guide Manu sans peine. Malgré le temps écoulé, elle reconnaît les trois eucalyptus à la sortie de la ville, la route qui serpente dans l'île et, sur les hauteurs, le virage au détour duquel la vue sur la mer semble infinie, puis le passage à travers les collines sauvages, jusqu'au rocher noir marquant l'entrée du petit chemin.

Ils roulent au pas sur la piste en terre. Soudain, apparaissent les deux mûriers, le bosquet de pins ombrageux et, au bout, le cabanon aux volets clos contre lequel s'appuie un gigantesque bougainvillier couvert de fleurs pourpres. Mila n'en avait aucun souvenir. Mais sans doute n'était-il alors qu'un jeune arbuste.

À peine sortis du van, les enfants partent à la découverte de leur nouveau terrain de jeu et s'élancent dans la pinède au milieu des herbes et des broussailles. Les hommes partagent leur excitation. Malgré l'état d'abandon et d'exubérance du jardin, ils imaginent déjà pouvoir dégager la végétation en une journée. Il est pourtant presque impossible de distinguer le ciel de la mer en contrebas – tout au plus aperçoit-on quelques minuscules trouées bleues. Mila sait où ils devront tailler pour ouvrir à nouveau la vue. Mais d'abord, elle s'assoit au pied d'un pin. Elle ferme les yeux. Elle respire. Tout embaume : la résine des conifères, la terre chaude, le parfum caramélisé des fleurs de lauriers. Elle se demande comment elle a pu rester si longtemps loin d'ici.

Ils entrent dans la maison. Mila ouvre fenêtres et volets. La lumière pure et liquide inonde la grande pièce, puis les deux chambres. Elle retrouve la sienne. Zoé choisit de dormir avec les garçons dans celle de Jeanne. Les hommes installent deux matelas dans le salon.

Ensuite, Mila redescend en ville faire les courses avec Aurélien. Pendant ce temps, Manu et les enfants nettoient le cabanon, rebranchent le réfrigérateur, font les lits.

La soirée est joyeuse et désordonnée. Mila retrouve le hamac rangé dans un placard, mais rongé et bon à jeter. La passoire se fend dès qu'ils y déversent l'eau bouillante des pâtes. Ils ont oublié d'acheter du sucre. Mais l'air est délicieux, les grillons lancent leur chant de clochette, le bleu du ciel devient de plus en plus profond, les premières étoiles apparaissent.

Ils ont pour eux l'éternité. C'est le premier jour des vacances.

32

Comme tous les jours, ils partent se baigner. Et comme chaque fois, c'est une véritable expédition. Il faut d'abord enduire les enfants de crème solaire, leur passer les brassards gonflables qui peinent à glisser sur leurs bras, ne pas oublier leurs casquettes ni le matelas pneumatique. Puis ils descendent le long du sentier escarpé qui serpente entre les broussailles jusqu'à la crique sauvage. En chemin, les jumeaux évoquent à nouveau le monstre qu'ils ont aperçu la veille dans l'étroite grotte marine au pied de la falaise. Hugo et Zoé répondent que les monstres n'existent pas pour de vrai. Gaspard et Ingmar en rajoutent.

« Si, on a vu ses yeux rouges qui brillaient dans le noir.

— Et la fumée qui lui sortait par les naseaux !

— N'importe quoi, bougonnent d'une même voix les deux autres. »

À ce moment, Ingmar se prend les pieds dans un caillou, tombe sur son frère, et les voilà par terre, l'air tout à coup moins fanfaron.

Ils atteignent le rocher en léger surplomb sur la mer. Aurélien et Manu plongent en premier pour réceptionner les enfants qui se jettent à l'eau dans des hurlements d'excitation. Mila s'allonge sur le promontoire. Elle se laisse bercer par leurs rires et les clapotis créés par leurs jeux. Elle reste immobile, étendue sur la pierre dont les minuscules alvéoles ont emprisonné la chaleur du soleil. Sous son dos, ses jambes, ses bras, les paumes de ses mains, elle retrouve le contact rugueux et familier. Elle sait qu'un geste brusque laisserait des griffures sur sa peau. Mais si elle caresse doucement la surface du phonolite, son corps en capturera la force tellurique. Cette croyance remonte aux étés avec Jeanne. Après chaque bain, elles séchaient sur la roche et s'amusaient à croire que l'énergie du volcan passait en elle et les rendait invincibles. Mila voit au-dessus d'elle l'arbuste qui pousse à flanc de falaise et se découpe sur l'intensité du ciel. Malingre, tortueux, son branchage blanchi par le sel, son feuillage d'un vert exsangue, il s'élance malgré tout dans le vide. Tel un insecte préhistorique géant, il résiste, accroché à mi-hauteur de la paroi verticale. Loin de toute trace de terre ou d'humus, loin de toute autre végétation, il doit attendre des jours, des semaines parfois, avant que ruisselle la pluie, qu'elle pénètre une fissure et parvienne jusqu'à ses racines. Pourtant, ce gardien silencieux de la baie survit à la sécheresse. Aux vents. Aux tourmentes.

Mila se lève, s'approche du bord, et saute. Elle se laisse couler dans une eau de plus en plus froide, de plus en plus sombre. Alors qu'elle s'enfonce dans les profondeurs, elle pense à la mer avant les hommes. Avant les vacanciers qui font fuir les créatures marines vers le grand large. Avant les bateaux qui laissent de fines nappes huileuses. Avant leurs ancres qui lacèrent les fonds.

Elle remonte à la surface et voit Gaspard nager vers la grotte.

« Je vais saluer le dragon. »

Ingmar le suit.

« Venez ! »

Les plus jeunes restent près des adultes. Un lointain bourdonnement résonne qui fige les jumeaux dans leur élan. Assez vite, le bruit enfle et se précise. Pris à leur propre plaisanterie, les frères reviennent rapidement vers leur père. Longeant le littoral et franchissant la pointe surgissent deux petits bateaux. Ils s'engouffrent dans l'anse et s'arrêtent là. À leur bord, des hommes. Cheveux noirs, peau brune, joyeux, bruyants, italiens. Quelques-uns se jettent à l'eau, crawlent plus ou moins maladroitement, s'ébrouent avant de remonter d'un coup de reins. Ils s'apostrophent d'une embarcation à l'autre. Ils parlent fort. Leurs rires résonnent dans la crique. Soudain, une voix saisit Mila. La voix de Simon. Son timbre grave et doux, un velours au milieu des cris qui la crucifie. Dans un instant d'égarement, elle croit qu'il se cache parmi ces étrangers, qu'elle va l'apercevoir. Elle nage déjà vers les bateaux. Deux Italiens remarquent cette femme qui s'approche, qui les scrute, le regard fou. Ils s'en fichent. Ils lui sourient, appuyés au plat-bord. Ils murmurent entre eux quelque chose et bombent le torse. Manuel la rejoint.

« Viens, Mila. »

Il pose une main ferme sur son épaule et l'attire vers lui. Le vertige s'estompe. La voix s'est évaporée dans l'atmosphère. Sans doute n'était-ce qu'une vibration résonnant contre la roche. Un effet de l'air. Une hallucination. Manuel lui dit des mots anodins pour la ramener à la réalité. Il n'a rien pu reconnaître, il n'a jamais rencontré Simon, ne l'a jamais entendu. Mais il a senti Mila chanceler. Alors elle le suit, comme autrefois lorsqu'ils avaient dix-huit ans et qu'elle s'en remettait à lui.

Elle plonge la tête sous l'eau. Émerge et plisse les yeux, éblouie par le soleil. Son regard croise celui de Manu. Il l'attend. Cette seconde suffit pour abolir définitivement les années où ils se sont perdus.

« Maman ! Regarde ! » lance Zoé.

Sa fille brasse vers elle avec application.

« Bravo, championne. À la fin des vacances, tu nageras plus vite que moi.

— Dans une semaine ! »

Les Italiens remettent les moteurs en marche et remontent leurs ancres. Déjà les bateaux s'éloignent le long de la côte. Ils disparaissent bientôt, ne laissant derrière eux que l'écho de leur gaieté. Et la présence de Simon qui emplit tout l'espace.

Mila aimerait le savoir ailleurs peut-être, mais vivant. Elle aimerait pouvoir l'appeler. Pouvoir partager avec lui les moments de la vie de Zoé. Son premier plongeon. Un diplôme. Des fiançailles. Elle aimerait voir parfois son nom s'afficher sur l'écran de son portable. Elle décrocherait. Chacun demanderait des nouvelles de l'autre. Ils répondraient sobrement : « Ça va. » Même si c'est un mensonge et que rien ne tourne plus vraiment rond depuis leur séparation. Ou même s'ils cachent derrière cette formule un bonheur nouveau et indécent. Ils conviendraient du moment et du lieu où se retrouver. Malgré les plaisirs ou les complications de leurs nouvelles existences, chaque fois que l'autre apparaîtrait, pendant une fraction de seconde, ils seraient projetés à la vitesse de la lumière dans une époque révolue. Tout reviendrait : la nécessité de l'autre, le sentiment d'appartenance, la douceur des baisers et l'odeur de la peau, la complicité à nulle autre pareille, le désir charnel. Alors, au-delà même de l'amour ou des regrets, ils ressentiraient un serrement au cœur dans lequel il ne faudrait voir qu'un réflexe de leur cerveau reptilien. Et personne n'y pourrait rien.

Mais c'est autre chose de devoir faire face au vide.

Au fond, Mila avait toujours su comment se terminerait leur histoire. Elle l'avait su avant d'entrer à l'école primaire. Avant d'apprendre à lire et écrire. Avant de connaître cette locution qu'elle avait entendue longtemps comme « effetmère », et avant de savoir que l'éphémère désignait une libellule. Avant son tout premier baiser avec la langue. Elle l'avait su bien avant leur rencontre. Elle le savait depuis ses quatre ans, ce jour où elle avait découvert la finitude de toute chose, ce secret honteux que les adultes tentent de cacher aux enfants. Elle avait grandi accompagnée de cette ombre. Elle pouvait bien rire, rêver, jouer l'insouciance, trembler d'émotion, danser, rien n'était voué à l'éternité. Lorsque cette certitude devenait trop pesante, elle la chassait d'un haussement d'épaules. Petite, en se laissant distraire par le goût acidulé d'un bonbon ou le vol d'un oiseau. À l'adolescence, par un flirt d'été. Durant les années avec Simon, par l'évidence de leur bonheur.

Chaque nouvelle saison devenait une victoire. Mais l'arrachement viendrait, impromptu, inéluctable. Tout n'était qu'affaire de temps.

33

Fatigués par la baignade et la longue remontée du sentier, ils rentrent en silence.

À peine arrivée à la maison, Mila va chercher son scénario dans sa chambre. Aurélien en ignore encore tout. Elle le lui donne. Il la fixe, souriant, déjà excité.

« Celui-là, tu le réaliseras, n'est-ce pas ?

— Oui.

— Tu jettes un œil sur Hugo », lâche-t-il en s'éloignant vers le fond du jardin avec le texte.

Pendant ce temps, les enfants entament la construction d'une cabane derrière le bougainvillier. Manuel et Mila achèvent l'éclaircissement de la pinède. Cela leur prend toute la matinée. Minutieusement, ils taillent pour agrandir les percées sur l'horizon. Ils ramassent des sacs entiers de branches coupées, d'aiguilles de pin et de mauvaises herbes. Ils fixent entre les mûriers le nouveau hamac acheté la veille.

L'heure avance. Les enfants commencent à avoir faim. Manu et Mila interrompent leurs travaux de jardinage pour préparer le repas. Ils dressent la table dehors, apportent la salade de pâtes, le melon, le jambon. Mila n'entend pas Aurélien arriver dans son dos. Il s'approche d'elle et lui glisse tout bas :

« Simon serait si fier. »

Elle se tourne vers lui. Ils sont face à face. Elle attend la suite. Les mots ne viennent pas. Il la prend contre lui et l'enlace. C'est un peu maladroit, Aurélien n'est pas coutumier des effusions ni vraiment tactile. Mila sent l'odeur de sa peau gorgée de mer et de soleil. Elle perçoit son cœur qui tambourine, et ses bras qui la serrent comme s'il craignait de se noyer. À travers leur corps-à-corps et l'immobilité d'Aurélien, elle devine l'émotion qui le submerge. Elle n'a pas besoin qu'il le lui dise. Elle sait qu'il pense à Simon, aux années durant lesquelles il a appris à ses côtés tout ce qu'il sait du métier de producteur, à l'amitié née de leur passion commune pour le cinéma, à sa tristesse et au manque que par pudeur il n'évoque jamais devant elle, à son désir de l'accompagner autant qu'il peut, mais aussi à l'envie de s'aventurer dans une vie à la hauteur de ses rêves. Mila ferme les yeux. Les bras ne sont plus seulement ceux d'Aurélien. Ce sont ceux de Simon, et dans cette étreinte, ils ne sont plus deux mais trois. Simon les avait toujours encouragés, incités à prendre des risques, à s'émanciper, comme Mila avec sa fille lors de cette journée au bois de Boulogne. Elle l'avait poussée sur sa bicyclette jusqu'à ce que Zoé trouve son équilibre et prenne son envol. Mila en est là. Elle est arrivée à ce point de bascule. Poursuivre un chemin déjà connu et sans grande surprise, ou saisir l'avenir comme une chance.

« On doit parler sérieusement ! » dit Aurélien en s'écartant.

Hugo court vers son père.

« On déjeune ?

— Oui, à table ! » répond Mila.

Brusquement l'émotion la rattrape et sa voix se brise. Les jeunes accourent. Tout le monde s'installe. Cela lui laisse le temps de se ressaisir.

« Alors, ça te plaît ? se mêle Manuel.

— Tu étais au courant, toi ?

— Je n'ai rien lu, Mila m'a juste dit qu'elle écrivait son film.

— Bon, Mila, je ne vais pas chercher à savoir pourquoi tu ne m'en as pas parlé. Mais on s'y met dès qu'on a fini de déjeuner.

— On fait quoi après le déjeuner ? demande Zoé.

— On lance la production du film de ta mère. »

La nouvelle les excite tous. Chacun pioche dans les différents plats, et les enfants se remémorent la visite du studio qui les avait tellement impressionnés. Ils s'imaginent déjà assister au tournage, pendant qu'Aurélien ne s'arrête plus de parler. Certains passages du scénario lui ont fait penser à *Sans toit ni loi*, d'autres à *Down by Law*. Mila confirme pour le noir et blanc de Jim Jarmush, mais elle voit un road-movie onirique et atemporel loin du réalisme de Varda. Elle explique qu'elle veut tourner avec des inconnues. Aurélien est d'accord. Entre elle et lui, les échanges fusent comme si les séances de travail avaient déjà commencé, interrompus par les questions des enfants.

« Elles vont rencontrer des loups ?

— Pourquoi elles quittent tout ?

— Comment on fait pour tourner la nuit ?

— Qu'est-ce qu'elles vont manger ?

— Elle a quel âge, la petite fille ?

— Ça se termine comment ?

— Tu devras dormir dans les bois comme tes personnages ?

— Moi aussi, plus tard, je ferai des films, mais en couleurs, parce que je trouve ça plus gai, annonce Hugo.

— Il y a un patron de bistrot ? » demande à son tour Manu.

Aurélien acquiesce. Mila éclate de rire et lui promet un rôle.

Après le déjeuner, chacun part de son côté. Les garçons vont jouer dans leur chambre. Aurélien s'isole pour passer des coups de fil. Manu teste le hamac. Mila va s'asseoir au pied d'un vieux pin d'où la vue sur la Méditerranée est saisissante. Zoé la rejoint. Elle se blottit contre sa mère.

« On pourrait partir toutes les deux comme dans ton film, maman ? On dormirait dans la forêt, on verrait des étoiles filantes et des animaux sauvages…

— Même si ça n'est pas confortable et qu'il faut beaucoup marcher ?

— Ça m'est égal. C'est pas pour toute la vie. Tu veux bien ?

— Ça me plairait beaucoup, mon ange. »

La parfaite immobilité de Mila est à la mesure de son agitation intérieure. Se mélangent, l'excitation, l'impatience, le vertige face aux défis qu'elle s'est lancés, jusqu'à une gratitude inattendue et quasi mystique pour ce que la vie peut parfois offrir.

« Alors, on va le faire, hein, maman ?

— Oui. On va le faire. »

Elles restent longtemps ainsi. Rêveuse, Zoé joue doucement avec les doigts de sa mère. Mila fixe l'horizon.

« Tu penses à papa parfois ?

— Quelquefois, répond Zoé.

— Il te manque ?

— Oui. Oh, regarde l'écureuil ! »

L'animal descend comme une flèche sur le tronc en face d'elles. Il découvre leur présence et s'immobilise à un mètre du sol. Il les observe. Puis reprend sa course, saute sur la terre sèche et disparaît.

« Et toi, tu es triste quand tu penses à papa ? demande Zoé.

— Bien sûr. En même temps, j'ai eu tellement de chance de l'avoir rencontré. C'était un homme merveilleux. Et puis il m'a fait la plus adorable des petites filles.

— Mais là, on est bien, dit Zoé.

— Oui. Là, on est bien. »

Aurélien et Manuel descendent à Sant'Angelo pour retrouver des Danoises rencontrées la veille en ville.

Ils ont hésité tout l'après-midi. Manuel culpabilisait de laisser Mila seule avec les enfants mais avait très envie de rejoindre les deux filles. Aurélien n'était d'abord pas très motivé, mais il avait tout de même une nouvelle production à fêter. Ils se sont décidés quand ils ont senti que Mila n'était pas fâchée de passer une soirée tranquille.

Après le dîner, les jeunes filent dans la chambre et sautent dans leurs lits. Ils réclament l'histoire qu'ils connaissent par cœur. Mais ils aiment imaginer qu'Ischia est cette île du Sud vers laquelle dérivent l'ours polaire et son iceberg. Puis Mila les embrasse, éteint la lumière, tire la porte derrière elle sans la fermer complètement. Elle les entend chuchoter quelques minutes. Très vite, il n'y a plus que le chant des grillons mêlé au bruissement léger du vent.

Allongée dans le hamac, elle repasse les heures qui viennent de s'écouler. Aujourd'hui est un jour magique.

Elle va réaliser son premier film. Aurélien le produira. Et, comme elle en a si souvent rêvé depuis la mort de Simon, elle va partir avec sa fille. Il ne s'agit pas de fuir, mais de rendre possible le passage d'une époque à une autre. Zoé a-t-elle d'instinct ressenti cette même nécessité de marquer le début d'un avenir à construire, non plus à trois mais à deux, ou est-ce l'expression de son tempérament aventureux ? Mila la sait déterminée mais elle ne l'imaginait pas prête à abandonner sa chambre douillette, ses camarades d'école, les jours rythmés autour d'une routine confortable. Elles vont pourtant traverser ce temps à part, sans règle ni repère, les nuits noires, le froid, l'inconnu, la peur, l'émerveillement des matins brumeux ou des aurores enflammées. Elles vont faire face à leur solitude partagée. Alors, elles pourront commencer leur nouvelle vie.

Mila doit maintenant aller au bout. Elle ne peut plus reculer.

Elle passe jeter un œil dans la chambre des enfants. Tout le monde dort. Elle va chercher dans son sac la grande enveloppe et en sort la lettre de Simon.

34

Mila,

Lorsque tu liras ces lignes, tu me détesteras sans doute et tu auras bien raison. Moi-même, je m'en veux tellement. J'avais le projet de passer ma vie avec toi, de te trouver encore plus belle avec les premières rides plissant ton regard. De partager nos inquiétudes au premier chagrin d'amour de Zoé. De te taquiner alors que tes cheveux commenceraient à blanchir, comme tu ne te prives pas de le faire ! Mais j'ai merdé (pardon, mais il n'y a pas d'autre terme).

D'abord, tout te semblera insurmontable. Même si je t'entends déjà protester, je sais pourtant que tu y arriveras. Ces quelques mots que tu dois considérer comme une misérable tentative de consolation butent sûrement contre ton incrédulité et ta colère. Je veux bien te laisser la colère. Mais pour la consolation comme pour l'incrédulité, tu as tort.

Jour après jour, vous entraînant l'une l'autre, toi et Zoé continuerez de grandir. Notre fille t'émerveillera à chaque instant. Et tu découvriras en toi des ressources insoupçonnées. Le chagrin se transformera en un acier qui renforcera chacune de tes décisions. Qui t'amènera à te concentrer sur l'essentiel, à surpasser tes peurs, à te libérer de ton défaut de confiance en toi. Tu verras cet acier t'affirmer dans le moindre de tes désirs.

Tu as traversé d'autres tempêtes. Ceux qui te pensent frêle et fragile, ceux-là ne savent pas que tu as déjà terrassé le dragon. Ils ignorent ta résistance et ton désir de vivre. Bien sûr, tu n'as aucune envie de livrer cette nouvelle bataille. Tu croyais en avoir fini avec tout ça. Désolé, mon amour. Mais avec le temps, petit à petit, le manque s'asséchera. Au début, sans que tu t'en aperçoives. Mais un matin, tu te réveilleras avec impatience en pensant à la journée à venir. Un déjeuner amical. Un film que tu t'apprêtes à découvrir après l'avoir longtemps attendu. L'arrivée du printemps. Un départ en vacances. Zoé déboulant pour t'annoncer le passage de la petite souris. Une nouvelle idée de scénario à noter aussitôt. Bien sûr, la peine te rattrapera. Mais chaque heure gagnée, chaque jour passé, sera une victoire.

Et puis demeurent nos souvenirs, cette infinité de petits cailloux avec lesquels je joue sans modération. Il suffit de plonger la main dans le sac, tu verras, c'est un sac magique. Un sac sans fond. Un inépuisable trésor.

Depuis des semaines, chaque nuit, pendant que tu dors, j'en profite pour me repasser chacun de nos moments. Les remarquables comme les plus banals, depuis notre rencontre jusqu'à la soirée qui vient de s'achever. Je les fais tourner dans mon esprit comme on le fait d'un bonbon qui fond dans la bouche. J'en savoure la douceur. Et je souris dans l'obscurité. Pendant que j'entends tout près de moi ton souffle lourd de sommeil, je te revois arriver au restaurant il y a dix ans. Tu ne savais pas qui tu cherchais. Je me suis redressé et t'ai fait un signe de la main. J'ignorais ton visage mais je t'ai reconnue, ça ne pouvait être que toi. Tu as souri et tu t'es avancée vers moi. À cet instant, je ne pouvais pas imaginer la place que tu allais prendre. Mais ces quelques secondes où ton regard s'éclaire, où tu glisses entre les tables et t'approches vers moi n'ont jamais cessé de m'accompagner. Peut-être m'ont-elles rendu meilleur. En tout cas, sûrement plus exigeant avec moi-même. Depuis lors, je n'ai jamais cessé de vouloir te surprendre.

Je pense à l'air chiffonné que tu as tous les matins, du lundi au vendredi. Tu t'occupes de Zoé avant le départ pour l'école. Tu fais semblant d'être réveillée. Tu enchaînes malgré tout avec efficacité le petit déjeuner, l'habillage, le brossage de dents. Je vous vois passer et repasser devant moi, toujours pressées, et j'adore retrouver les marques des draps sur ta joue, tes cheveux emmêlés, tes paupières lourdes et ton premier sourire.

Je sens la caresse de ta main sur ma nuque lorsque tu passes près de moi. Geste miraculeux qui a traversé toutes nos années.

Je vous entends, toi et Zoé, discuter comme deux vieilles copines.

Je retrouve le trouble de cet après-midi où nous étions allés visiter cet appartement trop grand et trop cher. Profitant de l'absence de l'agent immobilier descendu chez la gardienne, tu m'avais entraîné dans la cuisine, et nous avions commencé à faire l'amour. Jusqu'à notre fou rire lorsque l'homme était remonté et nous avait trouvés essoufflés.

Cette nuit, j'ai repensé à ton excitation d'hier après le dîner en m'annonçant que Zoé avait décidé de devenir productrice. Puis au vert de tes yeux qui a viré à l'orage quand tu m'as entendu te répondre qu'elle avait bien le temps de changer d'avis. Je sais ton désir de trouver entre nous une ressemblance, une irréversible filiation.

Je me rejoue toutes ces scènes, et tant d'autres, encore et encore, autant de fois que je le désire. Je visionne le film à l'envi. J'appuie sur le bouton replay. Et ça repart pour la vie heureuse.

Penser à notre histoire est devenu mon activité favorite.

Même la journée, pendant que je travaille à la production, je me laisse distraire par ce dédoublement de l'espace-temps. Alors que Zoé est à l'école, il me suffit de fermer les yeux pour qu'elle se trouve de l'autre côté de mon bureau, assise dans le fauteuil trop grand pour elle, et que je l'entende me demander de son air décidé de lui raconter mon prochain film.

Ou pendant que tu écris à l'appartement, je te sens dans mon dos, regardant par-dessus mon épaule. Je lis un dialogue. Et je t'entends me souffler une amélioration à apporter. D'abord je proteste, par principe, ou plutôt par jeu. Tu insistes. Tu gagnes toujours. Je prends alors mon stylo et modifie le scénario.

Ainsi, au moment de glisser dans le grand sommeil, je puiserai un dernier trésor dans mes souvenirs.

Je reprendrai notre promenade près de Malbuisson.

Il y a longtemps, t'en souviens-tu ? C'était un week-end de novembre. Le Jura offrait toutes les teintes automnales. Mais au réveil, en ouvrant les volets de la chambre d'hôtel, nous avions découvert un paysage éblouissant de blancheur. La campagne avait été effacée durant la nuit. Plus loin, la forêt dressait ses hautes silhouettes fantomatiques vers un ciel pur. Nous étions sortis. L'air était glacé. Suspendu. Le silence emplissait l'espace. Aucun bruit de vent, aucun chant d'oiseaux. Seul, de temps en temps, un paquet de neige chutait lourdement d'une branche de sapin. En s'enfonçant dans la poudreuse, nos pas crissaient, et ce son mat et sourd résonnait tel un cœur régulier. Ton regard brillait comme les cristaux miroitant au soleil. Tu semblais découvrir la neige. Tu serrais ma main dans la tienne.

Tu étais enceinte.

Moi j'étais le roi du monde.

Mais le plus important, ce que je soufflerai à ton oreille même si tu ne m'entends pas, ce que tu ne dois jamais oublier, c'est de t'appliquer à profiter de tout. Sans le moindre regret. Sans culpabilité. Pour montrer à Zoé combien la vie peut être variée, et excitante, et merveilleuse. Dans son inéluctable écoulement, le temps réserve des surprises. Il suffit de ne gaspiller aucune chance, de les saisir toutes, avec une rage égoïste.

Moi, j'aurai profité jusqu'à la dernière seconde du bonheur d'avoir vécu à tes côtés.

Je t'aime.
À l'infini…

Simon

35

En ouvrant les yeux, elle devine les toutes premières lueurs de l'aube. Elle ne se rappelle pas s'être endormie hier soir. Elle ne se souvient de rien. Mais la lettre est toujours là, près d'elle sur le lit. Mila la replie, la met dans son enveloppe et la range dans la table de nuit. Elle s'étire et s'étonne de ne retrouver aucune des nervosités qui tendent son corps à chaque réveil depuis des mois. Il lui semble qu'elle vient de dormir enfin, après des mois d'épuisement, d'insomnies, de cauchemars. Il a suffi d'une nuit pour qu'elle se sente reposée. Pour que l'air s'allège. Déjà elle éprouve l'impatience de voir poindre le jour. Il a suffi d'une nuit. Et des mots de Simon.

Elle saute de son lit, enfile un short, un tee-shirt, ses sandales. Dans la maison, tout le monde dort. Elle n'a pas entendu Manu et Aurélien rentrer hier soir. Mais vu leurs vêtements éparpillés dans le salon, elle imagine qu'ils ont dû bien s'amuser.

Sans faire de bruit, elle se glisse dehors. La fraîcheur la surprend. Sous les arbres de la pinède, la nuit hésite encore à céder la place au jour.

Elle descend vers la crique d'une allure preste pour se réchauffer. Face à elle se déploie un nouveau paysage. À perte de vue, un gris mouvant efface l'horizon. Ciel et flots se confondent, sauf vers l'est où s'esquisse une clarté d'or mat. Le soleil se lève à peine de l'autre côté de l'île. Il faudra attendre plusieurs heures avant que ses rayons écrasent de lumière ce versant. Retenu dans l'ombre, le sentier prend une autre physionomie. La colline semble plus escarpée, les cailloux paraissent plus aiguisés, les irrégularités du sol plus marquées, les buissons de part et d'autre plus touffus et épineux. Autour d'elle, la nature bruisse. Dérangés par le chahut de ses pas, d'invisibles animaux s'agitent. Un oiseau à l'abri du maquis hésitant à prendre son envol, quelque petit mammifère surpris en pleine chasse, un serpent apeuré qui s'enfuit plus loin. À l'affût d'une proie, un rapace tournoie dans le ciel. Mila suit sa danse faussement indolente. Elle trébuche et s'égratigne la jambe dans les broussailles. Comme autrefois.

Lui revient alors ce souvenir avec sa tante. Il y a longtemps. Elle devait être en sixième. C'était en avril, à la période de Pâques. À ce moment-là de l'année, l'air restait humide, et la mer froide. Elle en sortait grelottante, Jeanne l'enveloppait dans une serviette.

C'était l'unique fois où elles étaient venues en dehors des grandes vacances. Mila avait oublié.

Sa mémoire avait fixé Ischia dans le cœur brûlant de l'été.

Arrivée sur la plage rocheuse, elle retire ses vêtements et ses sandales. Sous ses pieds, la pierre est humide et glacée. Devant elle, sur l'étendue sombre et étale, pas la moindre onde. Pas même une lointaine embarcation. Mila prend une grande inspiration, puis elle plonge et s'enfonce dans cette encre de Chine. Respiration retenue, elle nage le plus profondément, le plus lentement possible. Par contraste avec l'extérieur, la mer semble chaude comme un ventre accueillant. Mila remonte à la surface. Elle ouvre les yeux. Plus tard, les vents diurnes soulèveront des clapots. Plus tard, la Méditerranée retrouvera sa transparence et toutes ses nuances. Mais pour l'instant, débarrassée de toute trace humaine, elle paraît immense. Au milieu, Mila se sent minuscule. Abandonné à son imperceptible bercement, son corps ne pèse plus rien. Il flotte comme s'il appartenait aux abysses. Elle pourrait rester ainsi, immobile, la journée entière, Simon s'est fondu dans chaque molécule d'eau, dans chaque particule d'oxygène. Sa voix a traversé la nuit.

Elle fait la planche. Le ciel commence à s'éclaircir. Au-dessus d'elle veille l'arbuste projeté dans le vide, apparemment chétif et maladroit. Plus modeste que les majestueux pins maritimes dont la silhouette se découpe là-bas, au bord de la falaise. Plus obstiné aussi. Sans doute perd-il parfois des branches dans une tempête. Mais il suffit de quelques gouttes de pluie et d'un peu de patience pour que ses racines infiltrées à travers d'innombrables strates de roche le nourrissent et fassent naître une nouvelle ramure, de nouveaux bourgeons. Mila l'observe avec la tendresse que l'on a, certains jours d'indulgence, pour son propre reflet.

Puis elle part nager vers le large, bien au-delà de la crique, bien plus loin qu'elle a jamais été. La côte recule, Mila reconnaît certains passages du sentier. Elle s'éloigne encore, la respiration parfaitement calée sur les mouvements de ses bras et de ses jambes, sans effort. Le panorama continue de s'élargir, jusqu'à ce qu'elle découvre leur pinède. Elle devine la maison tapie dans la végétation. Elle imagine Zoé encore endormie, son visage enfoncé dans l'oreiller. Tout à l'heure, elle lui donnera *La Magicienne minuscule*. Et elles liront ensemble l'histoire écrite par son père.

Mais pour l'instant, la mer et le ciel lui appartiennent.

Elle a apprivoisé la peur du noir, le silence et la solitude.

Mila a quatre ans depuis toujours.

Et pour toujours.

Cet ouvrage a été composé
par Soft Office à Eybens
et achevé d'imprimer sur Roto-Page
par l'Imprimerie Floch à Mayenne
pour le compte des Éditions Stock
21, rue du Montparnasse, 75006 Paris
en avril 2024

PAPIER CERTIFIÉ

Imprimé en France

Dépôt légal : mai 2024
N° d'édition : 01 – N° d'impression : 104734
61-51-3957/9